U0041748

E FICTION 01

百合心

沼田眞帆香留◉著

劉子倩◉譯

目錄

《百合心》推薦序

劉黎兒（作家）

自己也寫社會派小說的桐野夏生給了《百合心》最高的讚辭是「我從未讀過如此不可思議的小說，不知何時恐懼和哀傷最後竟然成了幸福。」雖然是陰陽怪氣而且血腥殘忍的故事，同時又是美麗、溫暖的愛情懸疑小說。

沼田五十六歲出道，從處女作開始，就是一位強烈而不妥協的作家，六十四歲時寫了這本小說。她的人生履歷非常特殊，曾為尼僧、實業家等，也曾離婚過，看來在社會正面、背面都闖蕩歷練過來，人生想必波瀾萬丈。對於人生、人性的描寫，沒有幼稚、輕鬆或寬容。小說人物若有瘡疤，沼田是毫不猶豫地就把瘡疤接開來看，面對真實，那才有最終的療癒的可能性。

也正因為出道時已經不年輕，沼田不會徒然地去寫那些輕量級的小說，一開始就寫讓人讀後久久無法釋懷的震撼性的小說，而且看似荒誕、無條理，但卻很可能發生在任何人身上。

看似平凡幸福的日常裡，不幸的連鎖發生了，接二連三地來。一個不幸似乎會招來連續的不幸，讓人哀嘆、無奈，甚至眼淚很快就乾掉。若是認真去面對這些不幸，便會知道這些不幸是原本就已經存在了。或許是作者想傳達的佛家所謂的「業」概念，許多人原本背負著許多的「業」只要想活下去，就無法閃躲那些不幸，而讓人經歷不幸，還能活得像個人的原因，是愛情，或許是親子的愛，或許是男女的愛，或許是姊妹的愛。

小說是主角亮介在等待父親的時候發現了四冊的筆記，筆記的名稱跟小說一樣是「百合心」，而且怎麼看都是告白而非小說。那是陰溼的殺人告白手記，寫手記的人承認自己或許大腦構造跟普通人不同，因此會毫不在乎地殺人，殺人就跟殺蝸牛一樣簡單，甚至從殺人獲得舒坦，是個人格失序的人。讓亮介不能不看下去，讀者也跟著亮介一起窺看這本筆記，而無法自已。也開始推測到底是誰在告白，到底作者是誰？跟父親或亮介的的關係，以及作者的下落。

告白的手記很多種，但殺人告白的衝擊度太高了，未免太不可思議了，這到底是真實？還是虛構？讓人無法不跟著亮介繼續回到父親家裡去翻閱這手記。

亮介本身此時遭遇到的重大不幸是未婚妻千繪的失蹤；失蹤或婚姻的不幸，如家暴也是沼田世界的重要的主題，她總是抽絲剝繭地透過不幸、分離、與尋找來展現出人的實像。

因為情人、兒子的失蹤，而開始尋找；為了尋找，才發現自己對這人毫無理解，幾近一無所知。為了要尋找，所以需要了解這人的過去，才開始知道每個人都背負許多不為人知或不可告人的過去，身邊許多人，父親、母親、阿姨、情人都有無限悲哀的過去，發現他們的過去之後，又能怎麼樣？這樣的過去，像是殺人、逃家、掉包等等，都已經不是能用法律跟倫理來制裁的問題了，結果最後只希望尋找的對象留在自己身邊就好，在身邊還摸得到或互相扶持，那才是最真實的。

人為了尋找，才開始理解尋找的對象，否則在此之前根本不理解對方。理解了尋找的對象之後，也才理解了自己，因此尋找，與其說是尋找別人，其實是尋找自己。

為了尋找，尋找情人、尋找那個和兒時記憶似乎有點不同的母親，結果發現自己有難以想像的出身、過去。或許人結果還是有這種不由自己的尋根本性，也因此成為尋找的動力，也是整個故事的梗概來源。自己的過去也有許多種，有的是輝煌的過去，但有的是會想否認的過去；像主角突然發現自己身上隱藏的祕密，亦即自己也有悲哀的過去。在尋找過程中，兒時的記憶跟成人後的現實交錯，那樣的混沌，或許也不是亮介獨有的。

小說名的「百合心」，其實就是找不到依靠對象的心靈，沒有安身立命之處，無法托付自己心緒的漂泊靈魂，很容易讓幽闇的慾望或衝動支配。這樣的人很多，不僅是手記的作者，幾乎小說中出現的人物都是如此，也因此都需要能傾訴一切人生的避難所，或是能容身的收容所。作者待過的宗教設施或許是，但更重要的還是家族所在之處，是愛情才讓看不見盡頭的殺人叫停。

另一方面，百合也是生於幽谷、出汙泥而不染的花，球根浸泡在黑暗的血水裡，邪惡醜陋。但這些崩壞的小人物在不安穩的狀態下，卻紡織出安寧清靜的物語，宛如開在在墓園的墓地的曼珠沙華，自有可觀之處。

小說裡出現許多殺人、失蹤、事故死等，也有類似韓劇般的身世、血緣問題，看似

不自然 其實才是自然。日本文化裡原本對於兄弟姊妹共有情人、伴侶等較無忌諱，什麼樣非倫理的關係都可能；或對於如男女愛情感覺的親子關係較為寬鬆，也不大考慮到年齡差距，從旁人看來，有時也會誤認這段感情關係的內涵。而作者小說中的的男女關係都如泥沼般濕黏，甚至赤裸猙獰，互相拉扯不止息的。

日本也有俗話說「事實比小說更離奇」，如此戲劇性的遭遇、背景，才是真正的人生，那些平凡無奇的小小幸福，反而可遇不可求；尤其是許多活在社會底層的人，光是活著就會遭遇到許多超出人生預計的事，或很容易就陷入無法自拔的罪惡與痛苦的深淵，不是自己的力量能解決的，甚至很輕易地生命就遭剝奪了，輕易地被從人世剔除了。

小說也探討了殺人的本質以及是否會有罪惡感的問題，雖說書中的殺人似乎是無法痛恨的殺人；但被殺的人也有他們的家屬與人生，是否真的有理由殺人，甚至無法控制的殺人就能獲得原諒？抑或戰爭英雄的職業殺人就能正當化？什麼樣的殺人會有罪惡感？有的人即使故意殺人也沒有罪惡感，有的人是過失致死也會罪惡感，有人用一生來求救贖，有的人則無動於衷；作者在此處完全無視法律或倫理，用自己方式得出結論，也留給讀者想像的餘地。

沼田描述的各項人性弱點是凡是人誰都有的弱點，有些幽暗的慾望。這些弱點會導致人的不平衡，也會讓不安膨脹到最高點；但人也都有想很快速回到平衡的本能，自然會去尋找無可救藥時的處方，把失去的平凡的、珍貴的日常爭取回來。

我原本是不愛讀充滿不幸或詳細描述殺人心理過程的小說，多少會帶來生理上的不愉快。但是沼田超級成熟的描寫力，卻讓人不能不看，跟手記一樣，一開始看，就停不下來。而且以超越凡俗道理，巧妙地安排圓滿結局，給讀者基本的安心感與濃密的幸福感，餘韻無窮；雖然出現陰沉的殺生、殺人場景，但也有溜狗café的輕柔氣氛交織；以豐富的語言構築起來的沼田世界，洋溢著獨特的氣氛，不僅「獨」而且「毒」，黏黏答答，不會含混地馬上讓人清爽起來，或許就像是榴槤，知味就會上癮。

不僅桐野，這是任誰讀都會覺得是不可思議的小說。讀了之後，會想去找找看家裡是否有暗藏祕密的手記、照片等，或乾脆自己也留下一本告白手記；《百合心》是進入沼田世界的最佳入門書，讀了就還會想再讀她其他的書。

百合心

1

三天前才見過父親，但我決定再回去看看。

烏雲洶湧飄過上空。不時降下的小雨被強風颳來，弄得襯衫溫濕。七月都要結束了，卻遲遲不見梅雨放晴。

抱著淋濕也無妨的覺悟，從車站漫步不到十分鐘的路程途中，去年冬天請大家吃飯的事，不知何故，忽然歷歷如在眼前。那時剛進入十二月，我以提早吃尾牙的名義，相約在難波吃螃蟹。尾牙其實是藉口，我真正的目的是要介紹千繪給父母及弟弟認識。如果事先聲明一定會鬧得一陣大亂，所以當天我才猝然帶她現身。

那時候，一切都還好端端的。那晚的一切都籠罩在毀滅前夕的最後光輝中，想必會永遠在我的記憶中徘徊不去。

母親染了淺栗色頭髮，佩帶頂級黑珍珠墜飾。一臉幸福、專注、而且靈巧地幫父親挑出蟹肉，放到他的碟子裡。

父親也是，嘴上說什麼兒子敬的酒會特別容易醉，臉上卻浮現頗為得意的笑容。我知道父母都一眼就中意千繪。看到當晚特別正經的弟弟，不動聲色地試圖加深千繪對他的印象，也令我暗自好笑。

熱鬧的觥籌交錯中，當時的我對於自己與千繪結婚，生子，父母永遠健康，期待孫子孫女到家裡來玩的未來，沒有任何懷疑。

一切都彷彿是上週才發生的事，連鍋中冒出的熱滾滾氣味都彷彿猶在鼻尖飄散。

之後緊接著一波波襲來的不幸，無論哪一樁，當時在場的人中，應該沒人料想得到。

先是千繪的失蹤，不到兩個月後就發生了。她突然不再來店裡，也從住處搬走了。

我還沒來得及克服那個打擊的頭一波，今年春天，父親被診斷出罹患末期胰臟癌。諷刺的是，這令我不得不脫離滿腦子只想著千繪的狀態。

得知無法開刀後，父親堅決拒絕做化療及放射線治療。醫生也說，就算勉強他做那些治療，能有多大的效果也是疑問。

面對父親將在不久的將來死去的事實，我們只能接受別無他法。所以，包括父親自己在內，全家人都已有心理準備，認定父親比母親早走一步已是不可動搖的發展了。

可是，兩個月前的某天，母親竟發生車禍猝然喪命——

過去我從未深刻思考過神明或命運之類的存在，但如今似乎只能說，某種充滿惡意來歷不明的東西正在我的周遭布下陰濕的陷阱。

驟然間，大顆雨滴再次撲到臉上。

然而，前方已可看見家門。大門與玄關之間是個狹小陰暗的小院子，從我小時候就壓根沒長大過的南天竹正在風中搖曳。

即便按對講機或敲玄關門也沒人回應，我只好取出備用鑰匙。

一走進家中，冷清空曠一如長時間棄置的空屋。父母不在時我也來過多次，卻從未有如此空虛之感。家裡的空氣已經完全變質了。

我提不起勁立刻進屋，四下環顧之際，活生生的悲哀瀰漫胸臆。

鞋櫃上看慣的小花瓶已蒙上灰白的塵埃。母親在世時，這個小玻璃瓶總會插上當季鮮花，乾淨的走廊微微飄來打蠟的氣味。當時縱使誰也不在，仍可感到屋子本身在呼吸。

我從脫鞋口散落的幾雙拖鞋中隨意套上一雙，行過走廊時，順便探頭看了一下廚房與洗手間。自己這張今早沒刮鬍子的疲憊臉孔，映在灰濛濛的鏡中，我不禁伸手碰觸臉頰。

我一邊以指尖摸索著鬍碴，一邊在家中搜尋。

父親會到哪去呢？

週日他會去外婆住的安養院探望老人家，但今天並非週日。

自從剩下父親獨居後，他說心血來潮出門散步的次數增加了，但天氣這麼糟的日子也會出門嗎？說不定是身體不舒服上醫院去了。

母親走後的現在，我知道自己該搬回來與生病的父親同住。之所以沒有這麼做，一方面是因為父親不希望如此，另一方面則是因為我在兩年前開設的店，處於所謂的自行車運轉狀態——只要一天不開門就會倒，所以無暇分身。

我的店是位於缽高山麓的「毛毛頭（Shaggy Head）」這家咖啡店。備有一千平方公尺的狗場，狗狗與飼主採會員制。若從老家往返要三小時。想到開店前後的準備工作及事後收拾，這個路程對我來說相當吃力。

所以目前，我只好趁著工作空檔可以抽身時，盡量多回來看父親。

有段時期曾三代同堂的這間屋子，雖然老舊但唯一的好處就是房間多。

走進客廳，三天前還在的香案已被收起，只剩照片與白木牌位放在小櫃子上。照片中的母親很年輕，露出略嫌僵硬的微笑直視鏡頭。我沒有合掌膜拜，只是站在原地對著母親凝望半晌。心情明明很平靜，卻條件反射般地熱淚盈眶。

明知父親不在，還是憑著惰性連二樓也找了一遍。不只是樓梯，二樓的走廊與地板到處都在傾軋作響。

最後，我好歹還是敲敲門才拉開父親的書房——其實也不過是有個大書櫃的四疊半房間——的拉門。

矮桌上放著裝有菸蒂的菸灰缸。

大約十年前，父親費了極大的努力戒菸，結果現在似乎又開始抽了。是因為再也沒有不抽菸的理由嗎？

桌邊數冊疊放成一落的，是保護全球兒童活動的相關書籍及剪報簿。父親從年輕窮苦時便持續捐款給多個保護團體。他按期訂閱機構刊物，自己也熱心收集貧困及受虐兒童的報導與資料。

小時候，我和弟弟曾因偷翻剪報簿被他發現遭到斥罵。仔細想想，那是這輩子唯一一次被父親痛罵。

我打算在樓下廚房等一會，正欲關上拉門時，忽然發現房間右邊壁櫥的紙門，開著幾公分的縫隙。

那令我莫名在意。

本來不到兩公尺寬的壁櫥，有一半被書架擋住只能拉開一邊，因此裡面應該只放了完全用不到的東西。

在這雖然狹小卻儼然是父親聖域的房間裡，趁著主人不在窺探隱私雖令我遲疑，但我還是走到壁櫥前面拉開紙門。

裡面原本塞滿大大小小布滿灰塵的紙箱，但似乎被胡亂翻動過，如今已移了位。只有放在上層靠外側的一個紙箱敞開，八成是父親把這個箱子從深處拉出來翻動箱內物品。

他究竟想拿什麼出來？

我俄然心生好奇，把手伸進箱中。

但是出現的全是平平無奇的舊衣服，而且舊衣一旦拉出後立刻膨脹，再想按照原樣塞回箱子時，又費了一番工夫。

我只好把箱子搬到榻榻米上，窸窸窣窣地整理。這時從箱底出現一個舊手提包，是已婚婦女會用的那種白色夏季皮包。

起初，我當然以為是母親以前的舊物。

然而，拿起來看久了，不知何故，突然有種莫名所以的不安籠罩心頭。這不是母親的東西，這個想法倏然閃現，連我自己也不知這種想法從何而來。

壓根沒見過——卻覺得眼熟。那種奇妙扭曲的感受，從陳舊泛黃的皮革以及鏽痕斑剝的金屬扣環，隱隱浮現。我不知怎地幾乎要為之顫抖。

我很想立刻將手提包放回箱子，牢牢蓋上蓋子，內心有種來歷不明的心虛。但是我用手背抹拭冒汗的額頭，以的確在顫抖的指尖輕輕打開扣環。

手提包裡只放了一個小小的和紙包裹，起毛的紙上，以薄墨寫著「美紗子」。

我小心翼翼地打開紙包，出現的是一束剪下來約五、六公分長的黑髮。我一陣悚然地起了雞皮疙瘩。這簡直是……對，就像遺髮。

母親的名字的確是美紗子，上上個月才剛辦完喪事。但這沒有半根白髮的烏黑髮束，不可能是喪禮當時剪下的。若這真是母親的頭髮，就表示是在多年前，母親還很年輕時剪下的。是誰懷著什麼用意做這種事？為何早在母親實際死亡前，就備妥這種東西？

我感到異樣的不祥。

母親若是病死的，或許我還不至於如此方寸大亂。

如今回想起來，最後那個月，母親的確有點怪怪的。有時她即使出聲附和，其實根本沒聽懂對話內容，有時也會在觀看殘酷刑案的新聞報導時突然哭出來。

我曾一度在從車站走來的途中看到她。不經意轉身一看，似乎剛買菜回來的母親正從後方走來。當時母親那宛如畏怯空殼的表情令我永難忘懷，她明明才五十出頭，卻面容灰敗如老婦。

我覺得自己似乎看到不該看的東西，不由自主撇開眼。不知為何，我總覺得那是母親絕不會在我或父親面前流露的真實表情。

當母親發現我時，一瞬間似乎狼狽不堪，但立刻恢復平日的微笑，哎呀，小亮！她高高興興地揚聲說。

然而，當我想接過她雙手拎的超市塑膠袋時不經意一看，母親穿著父親的大涼鞋拖拖拉拉地走路，伸出來的襪子尖碰觸地面已經弄得黑漆抹烏。

一切都是因為父親的病，所以弄得母親也心神不寧，當時的我如此認定，未再多加深思。而且，實際上或許也的確如此。

兩個月前，父母連袂去探望外婆，回程在斑馬線並肩等紅綠燈時，據說母親忽然一個人輕飄飄地踏上馬路。

「啊，喂！當我這麼喊時，你母親已經消失了。找不到人影。我當時實在不理解發生了什麼。既沒有身體碰撞的聲音，也沒有煞車聲或周遭的人聲，我好像什麼都沒聽見。我就這麼呆立原地，像在看默片似地望著眼前大卡車周遭手忙腳亂的人們。」

喪禮那晚，我們兩人坐在廚房椅子時，父親半是自言自語地這麼說。我和父親彼此都明白，說這些話的父親自己也即將死去。

流乾眼淚心神恍惚的弟弟喝得爛醉，已經睡著了。

但父親對於妻子車禍身亡，以及自己即將面臨的死亡，既未流淚，亦未悲嘆己身與命運的不幸。在他眼中有的，不是悲傷不是恐懼，而是某種更蒼白乾澀，只能以空虛來定義，令人無從捉摸的東西。

我們彼此都找不出話說，就這麼相對無言地坐著。我感到自己似乎隱約察覺那種空虛，早在想不起來的久遠之前便已侵蝕父親內心。我想起父親每次弓身坐在這書房的矮桌前，一頁又一頁地盯著夾滿各種照片的剪報簿看得入神的模樣。罹患愛滋病滿臉肉瘤的兒童，瘦骨嶙峋幾可看見骨頭形狀的兒童，被人玩弄後扔棄的小小裸屍——事到如今，做兒子的我或許不該講這種話，但父親，的確是有點古怪的人。

我又凝視手中這束黑髮好一會兒，方才重新以和紙包妥，不然我不知還能怎麼辦。然而，把那個紙包放回手提包喀答一聲扣上扣環時，猶如驚奇箱開啟，某個記憶在我腦中彈出。

突然間，我想起了不知何故，但早已遺忘多年的那件事。彷彿我根本從未遺忘般鮮明想起——

那是我四歲左右的事，所以距今已超過二十年。

當時我罹患肺炎之類的毛病，長期入院，終於出院返家時，我覺得母親好像被別人調包了。

如果沒看到這束頭髮，我恐怕一輩子都不會想起吧。母親不可能被調包，所以這段奇妙的記憶，本來肯定也只會被我視為孩子氣的一時糊塗，與其他諸多記憶一同繼續沉睡在意識的黑暗底層。

根據當時聽到的說法，在我入院期間，家裡租借的公寓似乎曾發生火災。因此父母才會從東京搬來奈良的駒川市，為了把住在前橋市的外公外婆也接來同住，所以買下這棟房子。

出院當日，我與父親一同搭乘新幹線再換乘近鐵線，好不容易抵達駒川時，我有種千里迢迢來到海角天涯之感，疲累不堪。當時這棟房子遠比現在嶄新，對我卻是全然陌生。我一進屋，看到說著「小亮，你回來了。」奔來玄關門口的母親，頓時如墜五里霧中。

不對，我心想，這個人，不是媽媽。

「辛苦你了，小亮。對不起，媽媽沒能去看你。」

母親這樣說著把我摟進懷中，淚濕雙眼。在她的懷裡，我不自在地渾身僵硬。

我當然對父親、對外公外婆、甚至對母親本人都說過這件事。我問他們，我的媽媽到哪去了？然而，大人都只是笑。好幾個月沒見面，連媽媽的臉都忘了吧——他們溫吞地敷衍我，不肯當成一回事。

剛入院時，母親好像也來看過我一次，但我不太確定，幾乎都是父親負責來醫院看我。搬家後也只有父親留在醫院，當時他好像暫住在離工作地點與醫院都很近的商務旅館。不過他那份工作，也在我出院時辭掉了。

我不知道在醫院時是否曾吵著要見母親，但隱約還記得父親曾告訴我，我們家已搬到很遠的地方，還得照顧身體不好的外婆，所以她很難抽空來看我。

因此我的確已很久沒見過母親了。

再加上不是回到入院前住的地方，而是來到陌生城市的陌生房屋，原本和我們分開住的外公外婆也在場。所以如今想來，就算幼兒的感覺失調，把母親看成別人也不足為奇。

但我當時感到的不對勁，好像是某種超越理性、根深蒂固的感受。看到大人坦然一笑置之，因此我也半被動地理解：也許吧，這個人果然還是媽媽。但那種不對勁，就像搖搖欲墜的乳牙一直隱隱作痛。我實在開不了口喊那個應該是母親的人「媽媽」。

母親的樣子一如既往。如果我去撒嬌，她會溫柔地抱我；當我做了嚴重的壞事她也會歇斯底里地發作。在不肯喊媽媽的情況下，我立刻開始依賴母親。

當時有幾樁事，我還片斷記得。

我們一起去書店時，母親發現一本繪本買給我。那是我住院前就很喜歡，可怕的食人龍的故事，後來與其他的書及玩具一起在火災中焚毀。母親驚呼一聲哎呀，不勝懷念地拿起那本書朝我微笑時，這個人或許是母親的心情，在心中一下子高漲，令我很開心。

可是回到家打開繪本一看，本該令我害怕得不敢看的食人龍，不僅一點也不可怕，甚至有點滑稽，我當下頗為錯愕失落。我把這件事告訴母親，她摸摸我的頭說，小亮在醫院待了那麼久，被打了很多很多痛痛的針，所以很多東西看起來都跟以前不一樣了呢，真可憐。

又有一日，母親替我舔去眼中的沙子。當她安撫我不要緊，接著把舌頭抵過來時，原本痛得睜不開的眼皮頓時自然放鬆。至今我還記得那種不熱也不冷，只覺柔軟的舌頭觸感。母親抱著我的頭，輕輕舔舐我的眼球。我不再哭泣，感到非常安心，然後突然想起，更小的時候母親也曾多次這樣替我舔去眼中沙子。舔完後，我問她是什麼味道，母親說，小亮的眼淚很鹹。

在充滿了那些細微瑣事的日子裡，我還能做什麼。

對母親萌生的異樣感受，不知不覺中，轉變成對於自己竟一直懷抱這種異樣感受的罪惡感——想必就是如此吧。而且，要忘記罪惡感並不需要太多的努力，尤其是小孩。

一年後，弟弟洋平出生時，我已完全忘記自己曾對母親有過什麼感覺了。

當時母親的頭髮烏黑油亮，當然一根白頭髮也沒有——

我再次垂眼，看著一直拿在手裡的手提包。

身穿無袖大花洋裝，挽著這個皮包的女子身影朦朧浮現腦海。

那是調包前的母親，還是自己的想像力憑空捏造的虛擬形像，我無從判斷。

我不知道母親被調包的這件事本身是真是假。

盤腿坐在榻榻米上，我愣怔半晌，最後終於打起精神，繼續在取出手提包的那個紙箱內翻找。

箱子最底下，不知是本來就在那裡還是父親抽出其他東西把它塞進去的，總之我發現一個似乎裝了什麼文件的牛皮紙袋。

打開一看，裡面是幾本筆記本。封面設計和厚度都各不相同，總共有四本。每一本的封面右下角，分別寫有一到四的編號。

我拿起一本，隨手翻了一下。

每一頁都密密麻麻地填滿文字幾乎不見空白。

那是用粗線鉛筆書寫，隨處皆有橡皮擦擦過的痕跡。看似潦草的稚拙筆跡，不知是刻意如此，還是本就是這種筆跡。

不管怎樣，我先挑出封面寫著一的那本開始閱讀。上面寫著疑為標題的「百合心」這幾個字，意義不詳。

手邊光線不佳，於是我走到窗口，立刻忘卻一切，被文章吸引。

2

百合心

像我這種坦然殺人的人，大腦構造或許與普通人有點不同。

我曾在書上看到，近年來即便是精神分裂病也可用藥物大幅控制了。腦中有各種荷爾蒙複雜地相互作用，只要彼此之間的平衡稍有變化，心情或個性便會明顯改變。

當時我忽然想到，如果那方面的醫學研究今後繼續發展，說不定也能發明治療殺人兇手的藥物。

如果眞有那種藥問世，我想我還是會服用吧。

雖然我只是因爲想殺人便殺人，絲毫沒有罪惡感，但若能停止殺人，我還是想服用。到底是爲什麼呢？連我自己都覺得不可思議。

該從何寫起才好呢。

但願我能妥善說明我變成這種人的前兆，或者起因。

四、五歲時，母親定期帶我去醫院。

醫生總是揉著我後腦杓的小肉瘤做觸診，然後取出畫有圖案的卡片，慢吞吞地不斷重複蘋果、蘋果、蘋果，同時目不轉睛地看著我。

直到很久之後我才明白，醫生是想讓我也說蘋果。

不知與頭部的瘤是否有關，當時的我即使可以勉強理解別人對我說的話，卻完全不肯自己開口說話。

我的診療很快就結束了，之後母親總是會就我在家的情況和醫生談論很久。

醫生是個戴著眼鏡每次都低聲說話的人。當母親時而含淚敘述我的情況時，他會很有耐性地一邊點頭一邊傾聽，必要時也會低聲插嘴說明。

他經常以辯解的語氣說，這孩子欠缺……的百合心所以無可奈何，諸如此類。……的部分會視情況更換，所以我不太記得。總之，有各式各樣的百合心，而我好像每一種都欠缺。

還有一次，醫生也曾用「沒有百合心是很嚴重的問題。」，或者「只要能讓這孩子找到某種百合心就好了。」之類的說法。

大家好像都有的東西，爲何只有我沒有？小小年紀的我深感不公平。我總是懵懂地想，那我也要想辦法得到百合心。

從醫院離開後，被母親帶著四處辦事，也令我痛苦難當。

我早已習慣醫院，但若是去陌生場所，那個場所的陌生事物彷彿會以肉眼看不見的許多棘刺戳向我。

最讓我安心的，還是回到我自己房間，鑽進床鋪與牆壁之間的縫隙時。當我痙攣發作後，必然會在那裡陷入昏睡，母親還替我把吃的端到那裡。

某日診療後，母親去了百貨公司的特賣會場。

賣場的喧囂、色彩、氣味，當下撲天蓋地將我壓垮。

任由母親牽著手默默走路的我，其實嚇得都快尿褲子了（實際上也的確發生過好幾次），想必母親和任何人都不知道吧。如果這時醫生觸摸我的後腦杓，應該會發現，向來柔軟的肉瘤已膨脹成硬鼓鼓的疙瘩。

起初，母親會牢牢抓著我的一隻手，但她爲了將她從成堆特賣品抽出的衣服攤開檢視，便會在一瞬間鬆開那隻手，然後就這麼一再重覆抓緊、鬆開的過程。

趁著不知第幾次鬆手時，我離開母親身邊，走出人潮擁擠的區域。

如今回想起來可能是在辦古董展，沿著電扶梯對面的牆壁，陳列著座鐘、花瓶及用途不明的金屬用具，那裡只有小貓兩三隻。

我走了過去，立刻發現在玻璃櫃裡有個小女孩。她有一頭金髮，用看似驚訝又似絕望的眼神看著我。

四目相對的瞬間，周遭氾濫的色彩、攻擊性的喧囂，頓時陷入夢幻般的安靜。我立刻恍然大悟，那個女孩就是百合心，她竟然在這種地方，我本來根本不可能發現的，但是已經不要緊了。

過了一會母親來找我，發現我坐在玻璃展示櫃前的地板上，即使她拽我的手我也不肯動。

「怎麼，想要洋娃娃？」

我想母親很驚訝。因爲這是我第一次不聽話，還向她要東西。

母親看看價錢，對店員說，這個很老舊了呢，一邊面帶不解地沉思。不過最後，她還是把百合子（我在心裡很自然地這麼稱呼她）買給我了。

也許是因爲每次去醫院，醫生總是交代她，無論如何，最好讓我愛怎麼做就怎麼做。

對了，母親曾在懷孕時想搭公車卻一腳踩空，腹部狠狠撞到台階邊緣，所以她認定我不說話都是她的錯。

包裝好的盒子裡，也一同放入一些替換衣物和迷你奶瓶。百合子是樹脂做的古老喝奶娃娃。藍眼睛的周圍種了像小刷子一樣的長睫毛，把她放倒就會喀答一聲閉上眼。塗著紅色亮光漆的嘴唇非常小，其中塞著喝奶用的圓形短管。由於有那根管子，看起來也有點像她正要尖叫的驚嚇表情。

回到家，我便鑽進床鋪與牆壁的縫隙裡。只剩我與百合子後，我立刻剝下綴有紅色蕾絲的深紅色天鵝絨衣服，甚至連小小的棉質內褲，也忍不住扯下來看個究竟。

百合子的下腹部微微隆起，中央埋著與嘴巴一樣的小管子，看起來格外淫靡。當時我當然還不知道淫靡這種字眼。

我湊近管子，試著窺看百合子的內部，但從狹小的洞口只能看見一片昏黑。

即便如此，百合子的心還是百合心，所以我已經不要緊了。

我每天都與百合子玩。

那些細節，像是病態夢境地在我腦海中鮮明重現。我讓百合子裸體站立，把奶瓶的水從嘴巴的管子倒進去，水立刻從下腹部的管子滴滴答答地滴落。而這時候的百合子則一直面帶驚嚇地張著雙眼。

接著我把她那圓滾滾的玫瑰色身體倒過來。腿根轉了一圈的雙腳以匪夷所思的角度張開，其中的小小秘密花園便完全曝光，埋在裡面的管子切口有點突出。我把奶瓶也輕輕插進那根管子，汩汩倒水進去。

百合子就是我，我是空蕩蕩的容器，開在身上的管子無法關閉，無法停止東西進去與出來。百合子的恐懼是我的恐懼，我的恐懼是百合子的恐懼。頭下腳上的百合子緊閉雙眼，從宛如小鳥的嘴巴源源不絕溢出的水，浸濕了頭髮。

母親毛骨悚然地旁觀我成天與洋娃娃玩耍。

但我不知厭倦，娃娃的金髮永遠濕淋淋。

一再重覆這樣的遊戲之後，我的內心似乎終於開始出現小小的變化。對於自己和世界，好像一點一滴地產生了免疫力。

我發現，就算開口說話，自己大概也不會壞掉。

不顧母親的憂心，我被編入小學的普通班。

我已經可以以幾乎不張嘴的方式進行簡短的單字應答，位於後腦頸部一帶的肉瘤，從外表也看不出來了。

雖說如此，我的內心仍有大半處在失魂落魄的狀態，只是睜著眼睛茫然眺望自己周遭的事物。我依然和百合子一樣。

如今回顧才知道，打從我懂事起就一直浸淫在獨特的厭惡感中。我無法貼切說明，就像舔著砂紙，就像裸身穿著癢得要命的毛衣……總之，周遭一切都有種帶著不明敵意，又癢又痛又刺眼的感覺。

而大人尤其充滿著壓倒性的力量。他們的身體大小、氣味、遣詞用字及表情乃至笑法，都帶有特別的威力，足以壓垮我。因此能夠與如此可怕的大人坦然對話的同學，也令我深感費解又遙遠。

小學二年級的班上有一個功課很好的女生，叫做小滿。長得也很可愛，家境富裕，簡而言之，就是任何班級都會有一人存在的女王。

唯有這個女生，不知何故在我心裡的地位很特別。

班上同學經常去小滿家玩。

她的身邊永遠跟著三個女生扮演所謂的小跟班，在她們之外，還有十名男孩和女孩像是小跟班的跟班。

像我這樣的人當然只是站在最遠的地方默默旁觀，但即使我這種人跟大家一起賴在她家，她也不當回事，小滿就是有那種傲氣。不僅如此，偶爾，當我們目光對上時她甚至還會咧嘴一笑或對我點點頭。

雖然不到百合子那種程度，但小滿也有很長的睫毛。

小滿家據說本來是當地的大地主，在古意盎然的木造平房周圍，是一大片種了許多樹的院子。

在岩石環繞的池畔藤架下，放著陶製桌子及幾張圓凳，無論辦家家酒或捉迷藏，那裡都被當作中心基地。小滿與三個小跟班坐下後，剩餘的椅子該由誰坐，向來總會引發小小的爭執。

我從來沒有想坐在那裡的念頭。

就算辦家家酒也不會派給我任何角色，玩捉迷藏也不會有人來找我；但我倒也沒有被欺負，所以我沒有任何感覺。

某日，大家正在傳閱漫畫時，我蹲在遠處，觀察著杜鵑花葉片上的蝸牛。

在小滿住的豪宅大院，連蝸牛都詭異地巨大，足足有枇杷那樣的個頭。

一旁，有個當時已不使用的老井，上面蓋著木製圓蓋。我發現那個蓋子邊緣有一處已經腐蝕，兀自開了一個握緊拳頭也塞不進去的小洞。

我明明覺得那裡好像會有蛇鑽出來很可怕，卻又覺得非湊近探頭一窺究竟不可、非這麼做不可，無法抗拒。

彷彿不是我發現小洞，而是小洞找到我。

一走到井旁，潮濕的氣味、黑暗的氣味便迎面撲來，連同呼吸一起被我吸入。

我把臉貼到洞口，黑暗立刻被吸入眼中，我已分不清哪兒是自己的眼睛？哪兒是黑暗？只是無邊無際，一片漆黑。

我連自己正在白晝下的庭院都已忘記，背上起了整片雞皮疙瘩。

「死」這個字眼，此時是否浮現腦海，我已不復記憶；但我明確感到，洞底無垠的黑暗，遠比洞外明亮的世界更無邊無際。

再不想想辦法，說不定隨時會被從頭吞進去。到時候，一定不會有任何人發現我的消失。

好不容易才把臉從洞口拉開的我，急忙回到剛才看蝸牛的地方。忍住噁心捏起蝸牛殼，從葉子上扯下來，放在手心。

我把蝸牛丟進洞裡。無聲無息地，一圈一圈的蝸牛殼和蝸牛肉都被黑暗吞食，瞬間消失，彷彿化爲黑暗的一部分。

我總算有點安心了。因爲我覺得這麼一來，今天自己應該不會被小洞吞沒。

從那天起，每次再去小滿家時，把小蟲子丟進洞裡就成了我的秘密任務。我有種非如此不可的義務感，彷彿是受到神明的命令（小孩子是一種幾乎是生理反應似地信仰神明的生物）。

蝸牛比較好抓，但其實什麼都行，地蜈蚣、蚯蚓、已經虛弱得無法動彈的蟬都行。當大家喧鬧地跨出第一步時，我卻在一旁的院子裡爬來爬去尋找小生物。

該說我已上癮嗎？越是將找到的生物丟進洞中，我越是迷戀上這種行爲帶來的奇妙歡愉。

明知昆蟲掉進洞裡會沒命，卻湧現一種將蝸牛與蚯蚓送回原居地的溫柔心境。因爲小洞彼端的無垠黑暗世界裡，沒有任何又癢又痛又刺眼的東西，只是一片靜謐。

我有種正在做該做之事的安心感，葬送越多生命，越能保持安全的均衡。

就是這樣，這是我頭一次懷著明確的意志主動採取行動。

對於一無所知，只顧著玩幼稚遊戲的同學，我也有強烈的優越感。

某日，藤架的紫藤花已凋零殆盡，所以大概是夏初吧。我們像往常一樣待在院子裡，四下忽然變暗，開始滴滴答答下起雨。

小滿提議回屋裡吃點心，於是大家喳喳呼呼地往屋裡跑，但我卻沒有離開院子。不知何故，這天我一隻獵物也沒抓到，還沒有送東西給小洞。這種情形是頭一次發生，我總覺得如果不趕緊設法抓到些什麼，一定會發生什麼可怕的事。

開始下雨時，我總算發現一隻小雨蛙，正在拚命想辦法追捕牠。

當我終於抓到死命彈跳的雨蛙時，屋旁矮牆出現一頂紅色圓點的雨傘。

是小滿，她筆直朝我走來，我慌忙站起。

「啊，還有人在這種地方啊？」

小滿毫不驚訝，朝我說道：

「喂，我不曉得把帽子忘在哪裡了。淋濕就討厭了，有沒有在這附近？」

她微微歪頭地裝可愛問道。對於我無法像普通小孩那樣說話，她似乎絲毫不覺得是問題。

我面紅耳赤，只能拚命搖頭。我過去從未與小滿單獨相處過。

「那是什麼？」

小滿進一步靠過來。我闔起的掌心之間，關著雨蛙。

「青……蛙……青蛙。」

我保持上下排牙齒合在一起的狀態回答她。只要閉緊牙齒，就沒問題。

「什麼，青蛙？摸青蛙那種東西，不會噁心嗎？好厲害喔。」

小滿似乎打從心底吃驚。

「自己抓到的？什麼樣的青蛙？給我看，欸，給我看嘛。對了，讓青蛙在這個池子游游看。」

小滿在池邊扁平的石頭上蹦蹦跳，一邊高興地說。

我在她的催促下不自在地走到旁邊，稍微打開上面的手心。

於是原本安分的雨蛙，也許是被突然出現的光線刺激，朝著小滿的肩頭，猛然跳起來。

短促的叫聲與水聲同時響起，小滿向後一仰跌落池中。小紅傘飛到池塘中央，倒過來浮在水面上。

池塘並不深。但小滿一隻腳的襪子，不知爲什麼勾到了種在水邊的灌木枝椏，因此她怎樣也無法從頭下腳上的仰面姿勢翻身爬起來。她只能把一隻腳伸出水面，拚命掙扎。

我知道她正在水中叫喊。雖然完全聽不見聲音，但有好多泡泡。池水激烈晃蕩之際，我站在原地，什麼也不想，只是張大雙眼。

小滿纖細的腳近在眼前，尖銳的枝椏從白襪的布料戳出。只要把她腳上的運動鞋和襪子一起脫掉，小滿便可立刻離開池塘。我腦中遙遠的某處，很清楚這一點。

可是我卻只是一逕望著小滿掙扎。也許是因爲這一幕實在太古怪，把我嚇傻了，我並沒有所謂的惡意。

晃得那麼劇烈的水面徹底恢復平靜，也不再冒泡泡後，只見小滿在綠色的水中任由髮絲搖曳。

不知何故，我感到如釋重負地朝小滿笑了，因爲她看起來也如釋重負。水中的那張臉的雙眼與嘴巴都張著。

因爲讓雨蛙逃了，所以小滿代替牠進入洞內，把身體留在這裡，只有靈魂脫離，溶入彼端的黑暗，我這麼想著。

然後，我就和往常一樣從後門離開，回家去了。

爲了不幸意外喪命的小滿，大人與小孩都哭了。

我不停地想起那時的事。

小滿斷氣前的短暫時間，那種總是纏繞著我的厭惡感忽然平息，院子裡的樹與石頭、天空、彼端一望無垠的世界，都帶著清潔感，而且閃閃發亮。我有種不可思議的直覺，這才是世界眞正的面貌。自己居然能夠安然站立在眞正的世界中央，宛如奇蹟。

在池水晃蕩的那段時間，我一直有那種感覺。

喪禮之後，再也沒人去小滿家玩。

過了一段日子的某天，我抱起久違的百合子。

百合子保持小女生的姿態變成老太婆。

唇上的紅漆剝落，金髮處處脫落，露出頭皮的膚色，上面開著一個個種頭髮的小孔。

我在跨越家旁那條骯髒河流的石橋上，把百合子丟下去。河底長出整片白色宛如細繩的東西，輕撫著朝向空中伸出手，同時又隨波漂過的百合子背部。

再也沒有人給百合子灌水。百合子在水中漂流，水在她的體內漂流，就這樣流入大海，流入海底黑暗深邃的洞穴。

我之所以丟掉洋娃娃，是因爲如今小滿死時的觸感已成爲我的百合心。

在充斥有如玻璃碎片的敵意的世界中，我漸漸認爲自己是爲了保守特別秘密而被選中的特別人物。

中學時代的我雖然寡言，但已可與同學正常對話，正是因爲我有那種扭曲的自信。他們與她們的身體散發出魚腥味，我知道自己也散發同樣的氣味。

但我的渴望不像同學是因爲甜美的戀愛，而是只被百合心吸引。

我滿腦子只想再次重現那件事。唯有一池綠水蕩漾的時間裡，能夠碰觸的奇蹟光輝，不斷煎熬著我。

小滿家院子裡的那口井，不知不覺在我的心裡張開了又深又暗的大嘴，它正迫不及待地等著獻祭的獵物。

我也不明白爲何如此，卻無力阻止，只能說我就是這樣的人。

即使如此，若非一些細微的巧合撞在一起，說不定我會在不斷的鬱悶與煎熬中過完一生。至今我仍認爲的確有過那種可能。

然而到了中學三年級，暑假前夕的某個週日，巧合的齒輪宛如在某人蓄意的精心安排下，喀答一聲互相咬合了。

當時，我在車站附近的公園長椅看書。

那是個就夏天而言，清風涼爽的日子，公園很熱鬧。

我不經意抬起頭，只見看似兄妹的兩個小孩，正手牽手沿著園內小徑朝我這邊跑來。

那個妹妹無論是年紀或齊肩直髮，都與小滿驚人地相似，令我不禁小聲驚呼。

3

第一本突兀地在此結束，頁數用完了。

我喘了一大口氣。耽讀之際，我甚至覺得一次也沒呼吸過。我感到混亂，不知所措，毫無意義地打量筆記本的封面。

這究竟是什麼？就紙張泛黃的程度，乃至「精神分裂病（註）」這個名詞，可以看出歷史相當悠久。

如果光看作者對洋娃娃執著的樣子，會以為作者是女性，但文中的母親似乎對此深感詭異，所以也可以視為「明明是個男孩，居然玩洋娃娃」之意。

是父親寫的嗎？會不會是什麼小說的草稿？

直到前年任職的貨運公司破產為止，父親一直從事會計工作，我從未見他看過小說。

最好的證據就是這個房間的書架。上頭除了關於兒童人權的啟蒙書，幾乎都被財務或稅務方面的書籍占據，另外頂多只有一些和邪馬台國及卑彌呼之謎有關的古代史、邊境紀行的文章。

但是，即便如此，也不能說絕不可能。父親說不定有意外的嗜好，雖然寫了這個，卻因為害羞，刻意不讓家人看到。

我努力這樣說服自己，同時吞嚥口水好壓抑湧現的不安。

赫然回神，我發現自己已開始閱讀封面編號二的筆記本。

凝視著那個女孩，我知道自己的眼神變得很不自然，彷彿要吃人。我沒出聲，只是在心裡呼喚著小滿、小滿，但小女孩和她哥哥當然都不可能察覺，就這麼跑過我面前。

環繞公園四周的道路前方，有一個放自動販賣機的角落，我想那兩個小孩也許要去買飲料。

但是，最後兩人哪兒也沒去成，所以我終究不知道他們要去哪裡。

我反射性地起身，跟在兩人後頭。

註：日本於二〇〇二年後已將精神分裂病改稱為統合失調症。

不過話說回來，和當時的小滿或自己同齡的小女孩，在中學三年級的自己看來，是多麼弱小啊。

我一開始尾隨，小女孩便立刻止步。不知何故，她試著將一直拿在手裡的白帽子戴上去。

這時，彷彿就等這一刻，突然有陣風吹來，把那頂帽子吹走了。

帽子飛上天，落到公園與道路之間的水溝裡。水溝的部分，蓋著赤鏽色鐵板，但不巧帽子似乎鑽進那底下了。

兩個小孩和湊巧坐在旁邊長椅的年輕男子，「啊——！」一同叫了出來。

「笨蛋，我不管妳了啦，妳會被媽媽罵死——」

做哥哥的說著跨越了低矮的柵欄，低頭朝溝裡瞧。雖然嘴上說得難聽，但若是能撿，大概還是想幫妹妹撿回來吧。

年輕男子的注意力似乎被孩子引去，於是我在旁邊空著的長椅坐下。

「哥哥，撿得到嗎？」妹妹已經快哭了。

「哇，髒死了，好多垃圾。啊——看到了，看到了，被那邊勾住了。」

小男孩把一隻手伸進鐵板底下開始摸索。即便他咬牙將整隻手臂都伸進去了，似乎還是搆不到帽子。

這時，觀望的男人起身。

「讓開，小弟弟，我幫你看看。」

男人叫小男生讓開，自己探頭往裡瞧，但他立刻說：

「啊——那樣搆不到呢。連大人也沒辦法。」

這時，站在溝邊的妹妹開始放聲大哭。

男人一臉困窘，用手指撩起及肩的蓬亂頭髮。

他想了一會又彎下腰，抓住鐵板邊緣，「嗯！」一鼓作氣抬起十公分左右。

然後放下鐵板，呼地吐出一口氣。

在我心頭，開始模模糊糊地瀰漫尚未成形的預感。比起神似小滿的小女孩，現在小男孩更吸引我。

我心中的黑暗老井，張開深不見底的大嘴般切盼望小男孩。

「我把蓋子抬起來，小弟弟你要趕快撿喔。來，你繞到那邊準備好！」

男人站到溝裡，雙手用力猛然抬起鐵蓋一端的邊緣時，趴著等待的小男孩，立刻將上半身鑽入打開的縫隙。

「大哥哥，還差一點——嗚——再差一點就能碰到了。」

從我這裡可以看見男人的背部。他的脖子後面和肩膀的肌肉，正隆起顫抖。

雖不知正確重量，但鐵蓋寬五、六十公分，長度有一公尺以上。

「小、小弟弟，快點——快——一——點——」

「啊，我碰到邊緣了，啊，快拿到了。」

男人的喉頭發出含糊不清的呻吟，已說不出話。

我從長椅起身，屏住氣，但步伐自然地走過去。

小男孩纖細的脖子。

湧現的期待幾乎令我窒息。

黑暗的洞穴周遭，公園，電線，天空，映入眼中的一切，都籠罩在光輝中爲之顫抖。名爲我的這個生物覺醒了，企圖一口吞下這新鮮的現實。

「嗚、嗚噢——噢！」

男人再次粗聲呻吟，我看到小男孩的兩腿不停在地面扒拉。不知是終於抓到帽子，還是對男人的呻吟心生恐懼，總之小男孩正掙扎著想爬出縫隙。

支撐蓋子的男人想必也看見了，他大概認爲只要再忍耐一下就好，可以感到他正拚命擠出最後一絲力氣。

就是現在——

我假裝不忍旁觀要幫忙地湊到男人身邊，雙手抓住鐵蓋邊緣，百合心充滿體內。酩酊與尖銳的覺醒毫不矛盾地支配了我的意識。我一邊假裝用力抬起蓋子，其實卻反過來往下壓。

實際上我幾乎完全沒用力。男人已到極限的肌肉，只是稍微一壓，便輕易崩潰了。

鐵板砸落的聲音響起。小男孩的雙腿不自然地彈起，痙攣——一秒之間便全部結束。

聲音的餘響也立刻靜止，出現宛如時間靜止的空白。

男人端正跪在地上，小妹妹站著，兩人都一臉茫然，愣怔凝視柏油路上再也不會動的兩條腿。小孩纖細的腿，穿著很不搭調的大球鞋。

人群漸漸聚集。過了一會，我起身離開現場。

那個男人事後想必會替自己辯解吧。他會說，自己沒有撐到最後，是因爲路過的某人懷著惡意壓蓋子，所以小孩死亡不是他的錯？亦或，那一瞬間究竟發生了什麼，連他自己也不清楚？

我這麼想著，走過公園小徑，來到自動販賣機的地方，爲了滋潤乾渴如火燒的喉嚨，我將硬幣塞進投幣口。

原本倚窗而立的我，看到這裡渾身發軟地蹲下。

我再也看不下去了，沉重的嘔吐感在胃裡蠢動，冒出冷汗。

這到底是什麼東西！這個家為何會有這種東西？

冷靜點，冷靜點，雖然我一再這麼告訴自己，焦躁仍漸漸膨脹。我半是認真地思考自己是否在做夢，試著用力地搓著臉。

既然不是夢，那麼這果然是父親的創作。肯定是他年輕時寫著好玩，就這樣放著忘記了。直到整理東西時順帶發現，他覺得扔掉也不妥，所以才塞進紙箱。一定是這樣，不然，還能有什麼其他的可能？

那個溫婉的母親不可能寫這種東西。若說是替人保管，那也不自然。平日不與人來往的父母，不可能有會做這種事的親近友人。

我根本犯不著驚慌。

我一再這麼呢喃，嘗試繼續往下閱讀，但腹部底層卻緩緩爬上一股惡寒。為何如此方寸大亂，連我自己都覺得費解。

我為何會認為這是父親的手記，而且是依據事實寫成的告白？照理來說，應該會二話不說直接視為虛構的故事，隨便看過就算了。若是一個正常的兒子，不可能對父親抱持那種懷疑。

我蹲著不動，等待惡寒消失，深呼吸了兩三次。

一點都不正常的疑問正在腦中盤旋。

母親被別人調包的兒時記憶，是否真的發生過？

若是事實，調包前的母親到哪去了？

直到前不久仍被我視為母親的那個母親，究竟是誰？

那束頭髮意味著什麼？

我很害怕。總覺得這本手記接下來一定寫到了一開始的母親。消失的母親其實已被殺害，該不會在這筆記本的某處詳實記錄了她為何被殺，如何被殺吧？

立刻將筆記本放回紙箱底層，關上壁櫥拉門，就當一切都沒發生過，這也是選項之一。順利的話，應該會漸漸把剛才讀到的內容視為幻想，最後拋諸腦後吧。

然而那是不可能的，我心知肚明，我不可能不把這些看完。哪怕看完之後會變得多麼不幸、多麼後悔。

高中畢業後，我隨波逐流地進了兩年制的專門學校。

我已經很了解什麼樣的態度會顯得與周遭格格不入，什麼樣的態度會讓人當自己是普通人。雖然還遠遠不到積極社交的地步，至少已能融入他人之間過日子。

處在爲將來的職業煩惱、對甜美的戀愛憧憬的學生之間，對於壓根不知百合心的他們，我懷著強烈的優越感，同時也感到一種可悲的羨慕。

我當然已經知道，實際上沒有百合心（Yurigokoro）這種名詞。很久以前，大概在小學五、六年級時，我就發覺了。

如今想來，小時候那個醫生說的八成是「依靠（Yoridokoro）」。他大概是說，這孩子欠缺了「感覺上的依靠」或「認知的依靠」或「情緒的依靠」。他總是一邊推高眼鏡，一邊喃喃低語，所以我年幼的耳朵大概沒聽清楚。不過話說回來，這還眞是可笑的誤會。

然而，事到如今這完全不成問題。因爲百合心早已在我的體內，成爲只屬於我一人的名詞，牢牢地紮根。已經無法訂正，已經無能爲力了。

我用那個名詞來表達我日常欠缺的一切，表達言語難以形容的一切。除了它還有什麼字眼能夠在某人的生命消失時，用來表現那匪夷所思的現象？

附帶一提，我不再去那間醫院，是在小學二年級時。

最後一次看診時，母親問醫生，這孩子後腦的瘤是否會這樣日漸縮小，最後在某日消失。

「我無法預測。因爲這種病例極爲罕見，所以有很多東西都還不清楚。老實說，我甚至很想解剖那個瘤，看看裡面究竟是怎麼回事。」

那晚，母親流淚對父親訴說這件事。

她似乎無法原諒醫生居然對活生生的孩子說出解剖這種字眼的輕率，從此再也不去醫院。

無論如何一定要避免引人注目，向來只想著這點的我，卻在偶然間與一名女學生開始說上話。

在學校附近的超商，我正好與偷東西的她對上眼。

姑且就稱她光子吧。

當時我走到店面後方想買寶特瓶裝飲料，卻發現光子在那裡，手腕掛著塞滿商品的購物籃，從籃子裡抓了一袋零食塞進毛衣下襬。

光子在校內小有名氣。因爲她像大病初癒般地骨瘦如柴，而且化著任誰都會忍不住回頭多看一眼的濃妝。她不跟任何人說話，總是獨來獨往，無論走路或坐下，一舉一動都像罹患視野狹窄症似地不太自然。

她發現我時，也沒有特別驚慌，甚至浮現一抹淺笑。

我也跟著笑了，一邊指著天花板角落的防盜用鏡子給她看。從收銀台顯然可以將光子的位置看得一清二楚。

於是她慢呑呑地，把剛才想藏起的商品連同其他幾種零食自毛衣拽出，放到裝滿食物的籃子上。

「要買什麼嗎？飲料？」

她的聲音意外清亮，看來可以正常説話。

我點點頭，從貨架取出一瓶寶特瓶飲料。

「就這樣？那走吧，我一起結帳。」

站在收銀台的，是一個無精打彩到令人懷疑他即使發現有人偷東西，恐怕也會佯裝不知的年輕男人。

我對光子並無興趣，但打從以前就感到她身上有某種與自己類似的東西。我覺得光子那張濃妝豔抹宛如面具的臉孔，是我努力不引人注目的反面版。

光子現在擺出如此親密的態度，是因爲她也從我身上感到什麼嗎？想到這裡，我不知爲何心跳加快。

彷彿被人催促般急著往下看的雙眼，到這裡暫時停了下來。

我思考著在這種情況下「心跳加快」，是否可以視為作者是男人的訊號。

亦或，若是一個平日素來與他人沒有什麼像樣來往的人，即便對象是同性也會緊張不已心跳急促？

手記作者是刻意讓人無法判斷性別嗎？或者只是看手記的我這麼感覺而已？

雖然暗自焦慮必須趕緊往下看，反而陷入恍神狀態，我手肘倚著窗框，視線往外飄去。

接下來會死的，是這個叫光子的女孩嗎——

從窗口可以看見與鄰家之間的部分門前道路，我發現這時，有人一邊收起雨傘一邊走過那短短的道路。

我反彈似地跳起，雖不確定，但那似乎是父親。

我已無暇思考，連忙收攏散落的筆記本放進牛皮紙袋。把紙袋放回箱子，胡亂將裝有遺髮的手提包與舊衣服塞進箱子堆在上面。關緊壁櫥的紙門，再關上書房的拉門，連滾帶爬一口氣衝下樓梯。

趕到廚房前面時，玄關正好傳來鑰匙喀擦喀擦轉動的聲音。

「搞什麼，我就覺得奇怪，原來門一開始就沒鎖啊。」

父親一邊拉開門一邊說著，望向我。

「你回來啦。反正這種天氣也沒有客人會帶狗去店裡，我閒著沒事所以回來看看。」

我假裝撩起頭髮趁機抹去滿頭大汗。

短短一小時前，跨進這間屋子的玄關時的心情，此刻已有決定性的轉變。然而，我不能讓父親察覺這點。

「雨還在下？」

「小雨而已，倒是風變強了。對了，你來很久了嗎？」

「大約十五分鐘吧。我在客廳躺著，不小心打起瞌睡了。」

我們一同走進廚房，我打開冰箱。

「要喝點什麼嗎？」

「喝啤酒好了。」

我取出兩罐啤酒，遞了一罐給坐在椅子上的父親。

「身體如何？」

「別每次都問，好嗎？還是老樣子，除了失眠之外毫無問題。」

罐子碰到嘴邊，頓時發覺喉嚨乾渴如火燒，我站著幾乎是一口氣喝光。抬起一手抹嘴，父親又看著我。

「喂，你幹嘛不坐下？」

「好。」

一旦相對而坐，我突然想不起來過去那些日子裡，與父親談過什麼了。空氣凝重。

不管怎樣，不問他去哪了，反而不自然。

「你上哪去了？」

「打小鋼珠。死撐半天，還是輸了。」

「小鋼珠？——怎麼想到玩那個？」

長年一起生活，我從未聽過父親打小鋼珠。實在無法想像在那喧鬧與蒸騰的氣氛中，父親耐心長坐的情景。

「怎麼了，我也一樣會打打小鋼珠呀。就在車站後面的那家新伊甸，手氣好的時候還挺好賺的。對了，你若是店裡沒事，要不要吃完飯再走？」

「不了，待會我想去找牙醫看一下。之前就有一顆牙在痛，被我拖著沒去看，結果越來越痛了。我沒預約，說不定要等很久，但是半夜痛起來更討厭。先這樣吧，我改天再回來。」

連我自己都覺得聽起來只像是臨時捏造的藉口。

但是，父親只是點點頭說聲，是嗎？

父親叫我拿把傘，於是我從傘架隨便抽出一把傘便離開了。

一看手表，四點半。我像被催趕般地一路走到車站，一邊打電話給弟弟洋平。我用牛排晚餐當誘餌，總算讓他答應六點在京都車站碰面。弟弟是大學生，在京都市內租公寓。

之後我也打回店裡，對接電話的細谷小姐說，我臨時有事無法在打烊前趕回去，問她店裡有沒有什麼問題。

如今千繪消失，正式員工只剩細谷小姐一人。她是個低調卻頗有行動力的中年女性，我不禁動不動就過度依賴她。

「天氣這麼糟，野外區半個客人也沒有。不過店內坐了四桌。都是不會亂叫的乖狗狗，倒是很安靜。另外，剛才接連有兩位客人申請入會。」

說來現實，原本殺氣騰騰的心情當下稍微平靜下來了。在目前的經營狀態下，任何一名會員的增減都會直接影響到生意。

「總算可以鬆口氣了，前不久才剛有一人退會。」

「人家那是要搬到很遠的地方，沒辦法嘛。」

「這次入會的是什麼樣的狗？」

「年紀很老的米格魯，還有一隻大的，是伯恩山犬。」

我不禁偷笑。忍不住想問，和庫丘比起來哪隻大？

上週細谷小姐蹲在野外區時，被一隻名叫庫丘的公伯恩山犬撲倒。她整張臉連同眼鏡都被特大號的厚舌頭舔了又舔，連話都說不出來拚命掙扎；但在飼主從化妝間歸來慌忙把狗拉開之前，大約有十秒鐘的時間，包括我在內的周遭眾人不知何故，只是愣怔旁觀。

當我扶她起來時，她的臉色很蒼白。雙臂拚命摟上我的脖子時，用力過猛之下她的嘴唇不慎碰到我的臉頰。而且她的襯衫扣子也有幾顆扯開，露出白色胸罩。性感的胸部肌膚也和胸罩一樣雪白，那一瞬間，我連懷中女性與過世的母親同齡都拋諸腦後，心跳得飛快。

細谷小姐後來鑽進化妝間很久都沒出來。

給的薪水不高，平時卻丟給細谷小姐一大堆工作的我，很擔心她是否會因此辭職。

幸好事不至此，但從此，那件事在店裡就成了禁忌。打工的那智說要借給細谷小姐，翌日特地帶來的史蒂芬·金(註)的文庫本，也被我當場沒收。那智那小子總是讓我三天兩頭飽受驚嚇，而且數日後我才得知，他居然還用手機拍下庫丘跨在細谷小姐身上的照片。因為他一臉自豪地拿給我看。

「店長剛才在笑？」

被她從電話彼端看透似地這麼一說，我可慌了。

「沒、沒有……」

「對了，關於新入會的事，我收了伯恩山犬兩倍的入會金與會費。店長也知道的，超大型犬總是比較危險，所以我認為今後都該這麼做。」

「啊——可是，這麼突然——那好像有點——」

尷尬的沉默。

然後細谷小姐若無其事地說：

「我騙你的。」

註：史蒂芬·金有本小說就叫《狂犬庫丘》（*Cujo*），後改編為電影《狂犬驚魂》。

4

「若是我，自己胡思亂想之前，應該會直接問爸爸：我發現這樣的筆記本，這是什麼玩意？」

洋平把嘴裡的食物配著啤酒咕嚕一聲吞下去，說道。

只要對弟弟說請他吃牛排，除非真有什麼大事，否則無論何時何地他都會來赴約。然後以不遜小狗的速度，狼吞虎嚥近似生肉的血紅牛排。

「喂，我花了這麼多錢，你好歹稍微品嘗一下味道再吞下肚吧。」

「嘿，這種勉強算是家庭餐廳的地方賣的肉，如果慢慢品嘗就嚥不下去了。」

有時我會很想把這個弟弟丟進狗場讓他跟狗狗一起跑上一整天。不過以這小子的行事作風，說不定會躍升為野外區的帝王，強姦母鬥牛犬。

我自認包括細節在內已經盡可能詳細敘述了，但洋平打從一開始，就談不上太認真，不僅如此，甚至是以明顯懷疑的態度在聆聽。

不過這或許是因為他沒有親眼看過筆記本，就算聽完沒反應也不能怪他。

「不過，如果小亮你堅持，我倒也不是不能幫忙。八成，等你讀到最後，就會覺得搞了半天虛驚一場。」

洋平以不像弟弟倒像哥哥的表情，朝我點了點頭。

之所以起意向這個自大的弟弟和盤托出，是因為若要瞞著父親繼續看那本筆記，非得有個值得信賴的幫手不可。

我已經想好方法了。

每週日下午去外婆住的那間位於大和郡山市郊外的安養院報到，是父親的習慣。若要繼續偷看筆記，只能利用那時候。讓弟弟在外婆那邊與父親會合，盡量拉長探訪時間。回程到了，當他在車站與父親分手，再打我的手機通知我。只要這樣就行了。

下一次探訪是後天。週日是店裡最忙的時候，在混雜的野外區，狗狗之間也很容易發生糾紛。但是我已顧不了那麼多了。洋平說他那天湊巧也有空，所以我決定就選那天採取行動。

「這種時候還把你扯進奇怪的事，真不好意思。」

我不看洋平地這麼說。

「沒事，就照平常的樣子相處吧。」

他或許自認是輕鬆帶過，但在我聽來卻是有點憤怒的不穩語調。

母親死時哭得死去活來的洋平，後來，至少在我面前，完全沒有再說過任何感傷的話。

對於父親的病，洋平與我之間也已有不成文的默契，就當沒這回事似地加以漠視。既然醫生已束手無策也只能這麼做，況且我們也抱著幼稚的願望，總覺得只要繼續漠視，說不定會有奇蹟發生。

雖然時有破綻，但只要碰面，我們總是帶著無憂無慮的笑容吃牛排。

「我只想知道那是誰寫的。既然放在那裡，想來想去唯一的可能還是爸或媽寫的。」

「筆跡呢？」

「嗯——誰也不像。字體像小學生一樣醜。」

「嗯——」

洋平吃完後毫不客氣地盯著我的盤子，無奈之下，我只好把還剩一大半的肉切了一大塊給他。我怕他繼續向我要，所以自己也加快速度進食。

「你認為是爸爸吧？爸爸其實是以殺人為樂的魔鬼，搞不好也殺了你說的那個調包前的真正媽媽？哇——超恐怖——」

「我又沒有那樣說——」

我無法斷然否認，只好灌下走氣的啤酒來掩飾。

閱讀手記的期間，那種想法的確一直浮浮沉沉。不僅如此，意識之中甚至閃過莫名其妙的懷疑：兩個月前母親車禍身亡是否也是父親設計的？

感覺母親被調包的兒時記憶，一旦甦醒，便帶著鮮活的現實感在心頭縈繞不去。以前的母親與現在的母親，該不會兩者都遭到父親的毒手吧？

「被你這麼一說，我才想到外公的死，好像也有點不自然。如果你的想像無誤，那說不定也是爸爸幹的。」

洋平像算準時機般說出奇怪的話，令我在瞬間腦中一片空白。彷彿被來歷不明的黑暗呼地一口吞沒。

外公是在我國三時去世的。是所謂的猝死。他明明沒有任何宿疾，死因被判定為心臟衰竭。當時他躺在暖桌底下假寐，父親要叫醒他時才發現他已氣絕。

那是週日，家中當時只有父親在，母親與外婆帶著我們兄弟出去買東西了。

「咦，你生氣了嗎？抱歉，就算開玩笑也太過分了，是吧。」

洋平被我的臉色嚇到，乖乖道聲歉後，便不動聲色地轉移話題方向。

「不過呢，根據你的母親換人說，我們就成了同父異母兄弟耶。」他一邊拿叉子尖端朝我點了又點，眨了一下眼睛，「我忽然覺得這樣也不錯，很戲劇化。」

用不著他說，我也早就想過那件事了。看著眼前的洋平，我實在沒有那種切身感受，卻也提不起勁跟他一起開玩笑。

我不像父親也不像母親，但洋平的眼睛與輪廓給人的感覺顯然酷似母親。不只是五官，在體質上也是，兩人都有點遠視，也都會對貓狗毛髮過敏，共通點很多。我彷彿現在才慢半拍地在意起那些事實。

「那我問你，如果不是爸爸，究竟誰會寫那種東西？洋平，你該不會要說是媽寫的吧？」

「為什麼不會？媽說不定還真的會寫那種東西喔。」

我很驚訝，因此沉默了下來。

「說不定是她年輕時寫的，本來打算投稿到哪家雜誌。媽很愛看書，也看過很多小說——而且怎麼說，是個有點幻想癖的浪漫主義者。」

幻想癖？浪漫主義？我們兄弟對母親的印象居然會有這麼大的差異嗎？我知道母親經常上圖書館借書，但若只因為這樣，就說那個樸素溫婉，如家庭主婦範本的母親是浪漫主義者，甚至會寫小說，我實在難以想像。

我本來想進一步追問，但這樣聊著母親的話題時，洋平突然低下頭開始不停眨眼。牛排早已吃光了。

我撇開眼，含糊附和。

「啊——剛才，說到媽有幻想癖，倒讓我想起一件怪事。」

為了掩飾被我看見熱淚盈眶的糗態，洋平刻意用傻呵呵一派樂天的聲音說道。

「什麼事？」

「沒什麼。」

「喂，你到底是有多幼稚啊？既然要說，就把話說完。」

「你老是立刻曲解別人的意思，所以我才不想說。而且，你現在就已經曲解了。」

我知道如果採取正攻法只會讓他唱反調到底，所以為了轉圜，我拿來菜單，讓他挑選甜點。

點好之後，我不動聲色地問：

「洋平，媽最後那段日子，你不覺得有點怪怪的嗎？」

「怪怪的？怎麼個怪法？」

他反問的聲音很僵硬，弟弟當時八成也察覺母親有點不對勁吧。我默默等待。

「不過被你這麼一說，她好像的確有點陰鬱吧。電視看到一半還會突然哭出來，我只不過喊她一聲，她就嚇得跳起來。」

「說不定，媽她——」

「她怎樣？」

「她該不會在害怕什麼吧？」

「怕什麼？」

「嗯，我是不知道——比方說，媽也發現那本手記，看了內容。」

「怎麼又是手記？你就這麼想把話題扯到那裡？你是說媽看了手記，得知自己的丈夫是殺人魔，所以很害怕？」

「你也不能百分之百說絕對不可能吧？」

「你果然不正常，媽那時當然會害怕啦。你想想看，她知道爸馬上就要——就要離開了。她不害怕才奇怪吧。」

我一下子不知道該如何反駁，洋平說得沒錯。不僅如此，我自己當時應該也是這麼想。連這種事都忘了，可見我的看法或許根本就很可笑，一切都只不過是妄想。

「抱歉，你說得對。」

這次我坦誠道歉。

但是同時，我總覺得踩著父親的涼鞋低頭踽踽獨行的母親，當時眼裡的東西和那種恐懼似乎截然不同。好像帶有某種更黏纏不清的秘密氣息——

「洋平，媽的事，剛才你不是才講到一半，你把話說清楚。」

「可是那已是很久以前的事了，根本不相干。」

「無所謂，你說。」

「——外公還在世時，我們兩人不是還睡同一個房間嗎？我想那應該是你國一時的事，我半夜醒來微微睜開眼，看到媽坐在你的枕畔，就這樣——看著你的臉。」

「然後呢？」

「嗯，然後，當時媽她，好像——胸前抱著枕頭。」

「……」

「啊，看吧，你果然又曲解了，所以我才不想說。我就知道會這樣。」

「你的意思是媽並不是要拿枕頭蓋住我的臉？」

「還用得著說嗎？我當時心裡納悶著媽幹什麼只看你一個人，然後一邊裝睡，後來她就悄悄起身走出房間了。我覺得很奇怪，後來也再次睡著了。所以我只是因為你說媽被調包，才忽然想起來。」

「媽為什麼抱著枕頭？」

「我哪知道，也許是睡糊塗了吧。」

「你仔細想想，你不覺得我們一家人有點古怪？」

「什麼意思？」

「比方說，爸和媽幾乎從不與外人來往。」

父母討厭交際的情況不是普通嚴重，他們甚至與鄰居除了寒暄之外，也幾乎從不交談。

「大概是夫妻恩愛，只要有彼此就滿足了吧。」

洋平如此說道。但這時我想起一件事，我連那種瑣事都沒忘，一定是因為內心深處一直感到有點納悶，才耿耿於懷吧。

「對了，你應該記得吧？爸爸當初買那個顯微鏡給你的時候，我記得那是國中的時候吧。」

某個週日，父親帶我們去難波的高島屋百貨的美食街吃午餐時，突然被陌生男子喊住。父親反彈似地從椅子跳起。

之後從兩人的對話中，連我也聽出來那是很久以前父親在東京工作時的同事。那人以興奮的語氣滔滔敘述他自己也在數前年離職繼承家業，老家本來就在大阪，今天週日也如此四處跑業務。臨別之際，還遞上名片，邀請父親改天一定要一起喝一杯。父親說自己身上不巧沒帶名片，那人便取出記事本，抄下父親報上的公司名稱及電話號碼。

弟弟與我面面相覷，因為父親報上的公司名稱根本就是捏造的，電話號碼肯定也是假的。而且剛才買下那個弟弟隔著包裝紙不時觸摸偷笑的顯微鏡時，我還偶然窺見，他自西裝內袋同時取出皮夾與名片夾。

那人走後，弟弟天真無邪地問父親，為何要對人家說那種假話？但我卻莫名地覺得，好像還是別問比較好。

那人以前偷偷挪用公司的錢是個壞人，所以最好別打交道，父親這麼說。他的額頭冒著汗。當時我忽然有種莫名其妙的不安，偷用公款的該不會不是那人，而是父親吧？如今回想起來，少有世俗欲望的父親根本不可能做那種事。

然而洋平完全不記得有這回事。

「在高島屋買顯微鏡給我的那天的事，我記得很清楚。你該不會是和別的記憶混淆在一起了吧？或者，是你的幻想與記憶夾纏不清。」

「胡說八道。」

「爸和媽的確有點封閉，但他們明明是典型的善良認真小市民。」

「那我問你，這件事你又怎麼看？普通的父母應該會更想把自己青春時代的事或小時候的事講給小孩聽吧。可是，我們頂多只知道爸爸很早就父母雙亡。爸和媽是怎麼認識的、認識彼此之前在哪做什麼，這些我們都沒聽他們提過吧。不僅如此，我們也完全沒聽說自己嬰兒時期的事。爸和媽都刻意不去提及以前的事，一定是過去發生過什麼。」

「可是我聽過我出生時的事喔。例如我出生時只有兩千四百克，所以他們很擔心，還有我身上很多毛，連背上都有黑色胎毛等等。」

弟弟絕對不明白這番話對我有多大的衝擊。

「你聽媽說的？」

「嗯，對。」

我凝視已被洋梨派吸引注意力的洋平，一陣冷冷的寂寥瀰漫心頭。

「那是趁我不在的時候吧。你是我們家搬到駒川市後才出生的，所以大概沒問題，但我在場的時候他們不會說。因為不可能只說你出生時的事，卻不提及我的事。我從不記得聽說過我在哪出生、出生時是什麼情形。就連照片，你也知道吧？都在以前那場火災燒光了，連一張也沒留下。」

「我搞不太懂——小亮，你顯然已經完全認定搬來駒川時，媽和別人調了包。」

洋平的臉上頭一次露出困惑，或者該說是近似恐懼的表情。

那種恐懼是因為對父母萌生某種疑惑，還是針對我？不得而知。

5

翌日週六是個微陰的涼風好日，毛毛頭的店內與野外區的生意都相當興隆。

即便如此，我壓根無心工作。不是弄錯客人點的單，就是送上蛋糕卻忘了叉子，還被繩子勾到，差點一腳踩扁吉娃娃。

回過神才發現，細谷小姐正皺著眉頭注視我。還不到兩點，接下來還很漫長。

「店長到底是怎麼了？」

她走到我身旁問。

「沒事，只是有點睡眠不足，腦袋昏昏沉沉。」

我昨晚的確左思右想，結果幾乎整夜沒睡。

「店長的臉色很糟喔，要不要去樓上躺一下？放心，這裡有我們三個足夠應付了。」

雖說有三人，但其中一人要負責廚房，所以如果少了我，細谷小姐與那智得看著店內、野外區和收銀台，相當吃力。

「不，明天就已經要麻煩各位了——」

一早我就已經說過明天週日下午，我也不能到店裡的事。幸好有不當班的工讀生可以來頂替我，但我還是很愧疚。

「況且，妳也知道那智那小子，是那副德性。」我朝角落那桌努努下巴。

每次那隻名叫克拉奇的黑巴哥犬一來，那智就會找一堆理由，撇下工作跑去逗狗。此時他也蹲在旁邊，拿食指撫摸只有老鼠那麼大的狗。

根據飼養牠的老太太表示，克拉奇的血統非常高貴，但或許也因此反而長得太小，「一直維持剛出生時的幼犬模樣，就這麼變成老公公。」既不叫，也不走路，所以據說只能像處理易碎物品般輕輕抱著牠。若不說是狗，根本看不出那是什麼奇怪生物，但牠似乎在那智的心裡喚起無盡的感動。

細谷小姐似乎想憤然啐舌，瞪著蹲著的背影。

那智也許是感到了殺氣，他急忙轉身起立，訕笑著走過來。

「哎，就算一次也好，我真想被牠咬咬看。」

他總是這麼說。這隻只有眼珠和嘴巴會正常動作的狗，據說咬手指是牠示愛的唯一方式，但克拉奇只咬牠的主人。

「聽說牠一口咬住手指的模樣，是又可憐又可愛，幾乎要掉眼淚了——」

「是是是，店長也看到了，那智也在拚命努力，所以店長就去休息一下吧。店長那種臉色只會把店裡的氣氛也搞壞。好了，快去，快去。」

細谷小姐像趕狗似地揮舞雙手，把我往樓梯趕去。

「不好意思，我就睡一小時好了。」

我沒解下圍裙，不知何故地躡手躡腳地悄悄上樓。

二樓是我的住處。由兩間小房間、比照商務旅館規格的小浴室，以及迷你廚房構成。

桌上還擱著早餐用過的杯盤，我卻提不起勁收拾。

我站在窗邊，隔著薄窗簾眺望野外區好一陣子。

要讓大型犬盡情奔跑，一千平方公尺的面積其實還嫌小。不過對於現在的狗來說，要能夠在室外解開繩子的，只有在這種設施之內。

狗狗流露出有點寂寞的表情，朝著在露台上旁觀的飼主搖尾巴，或是沒有目的地地一圈又一圈跑來跑去。

野外區的北邊略微向上傾斜，網子外面直接與山麓的樹林相連。網子旁邊，依稀可見千繪正在揮動鏟子。細長的手腳。脖子上搭著毛巾，戴著粗棉手套，把狗狗挖的洞重新填平──

無論是店的周遭或房間裡，千繪的記憶總是如幽魂縈繞不去，令我訝異。越過網子，朝樹林裡走一小段路，有個在溪流上方平伸出來宛如天然觀景台的場所，我們曾大白天在那裡親熱。

當時我們擔心著會不會有登山客出現，同時又有種奇妙的亢奮。不過還是只能做到半套，中途打住後急忙回到這個房間。

從那天起連續三天，去年八月的中元節期間，我們放棄原本要去看電影及開車兜風的計畫，一直窩在房間，幾乎沒有離開過傾軋作響的單人床。

得知千繪消失時，我首先感到的純粹是身體的失落感。那種感覺太強烈，令我失魂落魄，過了一段時間才開始感到衷心悲傷。

其實至今我仍不太明白，我依戀的究竟是千繪這個人？還是千繪的氣味、體溫、重量、肌膚觸覺，這些生理上的感觸？

千繪是在兩年前以一身登山客的輕裝，突然出現在剛進行上樑儀式的毛毛頭建築工地。她說登山途中，看到工地角落豎立的「預定開張」的招牌，很想在這裡工作。

她一脫下帽子，在白燦燦陽光中浮現的那張臉，微帶汗濕。她一開始就對我有種奇妙的吸引力。

她自岡山縣內的短大畢業後，進入大阪的貿易公司，之後換了幾次工作，卻始終沒遇上自己有興趣的工作。她自認就女人的標準而言，算是力氣很大，又很喜歡狗，因此毛毛頭這樣的職場再適合也不過。只要能獲得雇用，待遇多寡無所謂。

她如此對我訴說，但令人感到堅定意志的表情，有時卻會忽然無助地動搖，那種不可思議的落差，莫名撩撥了我的心。我心跳急促地一再將目光自她的臉移開。

那天一整天，甚至直到晚上進了被窩，我都茫然地想著千繪。明明只有短時間的交談，可是一想到千繪還有我所不知道的種種表情，我就再也按捺不住。我想親自確認她的一切表情。連我自己都很驚訝，我居然願意為此做任何事，在所不惜。

開店前最忙碌的那幾個月，簡直像做夢一樣快樂。

我認為這種店的經營不可欠缺女性的觀點，從這個角度來看，千繪也是最適合的人才。店內的裝潢、廚房的設備、商標的設計，她快活地參與每樣事情，發揮獨特的品味。在停車場與建築物之間種上幾棵梣樹，選用水泥色的厚重杯盤，也都是她的主意。與籌備開店的作業同步，我們的私人關係也急速發展。我開始把毛毛頭視為我們的店，而非我的店。

將來還想開設狗兒的訓練教室，索性也弄個狗兒旅館吧，也要更精心挑選咖啡豆，提供無人工添加物的麵包……在這樣的討論中，千繪與我的未來藍圖自然成形。

等店裡上了軌道後，就在附近的別墅區，買一間屬於我們自己的房子吧，哪怕又舊又小也沒關係。房屋周圍有木製陽台環繞，院子種花，讓孩子在那裡自由自在地成長。我們如此談論著，彷彿那是老早之前就已全部決定的事。

因為我真的覺得一切是理所當然，因此甚至認為沒必要特地求婚。一年後，我只是為了走完該走的程序，才送她戒指。

她消失是在將近半年前，二月初的時候。

連日吹著夾帶雨雪的強風，店裡幾乎一直持續歇業狀態。

千繪沒來上班，但我也沒怎麼放在心上的原因，是因為前一天她有點感冒徵兆所以提早下班，她說也許明天會請假。

她也沒接電話，我以為她大概在睡覺，甚至不敢再打電話過去。

晚上，店裡打烊後，我帶著蔥和烏龍麵等等食材去探望她。千繪當時住在距離菜畑車站，只有幾分鐘路程的小套房公寓。

房間的窗子一片漆黑，我像往常一樣輕輕敲門也沒人回應。即便如此，我仍傻呼呼地深信，她大概是睡得太熟了。

拿鑰匙打開門的瞬間，那種宛如土崩瓦解的衝擊，令我永生難忘，房間空空如也。看慣的窗簾、床鋪、桌子、餐具，一切都消失了，彷彿打從一開始便一直是空殼子，唯有夜色隱隱瀰漫。

我把鞋子隨便一脫，腳步踉蹌地朝屋裡跨了兩三步。我一屁股跌坐在連角落都看得一清二楚的地板中央，不知究竟發呆了多久。我那無法思考任何事的腦中，這是怎麼回事？到底怎麼了？這是怎麼回事？到底怎麼了？如同自動裝置一般，只有這些字眼反覆空轉。

整整一個多月，我丟下工作到處尋找千繪。

我去問過出租那間屋子的房仲業者，卻沒問出她的遷居地點。對方說她按規矩支付了臨時解約的違約金，然後才搬走。

我一再前往那棟套房公寓，隔壁兩間的住戶不消說，整棟公寓的住戶我也全都問遍了，但沒有任何人知道千繪的下落。不僅如此，甚至找不到除了打招呼之外曾跟千繪說過話的人。

我也頻頻前往以前我們常去的酒吧與居酒屋。我獨自喝著酒，忍不住一再回頭朝店門口張望，總覺得她隨時會帶著淘氣的笑容現身。

這時我才頭一次發覺，我對她的事幾乎一無所知。

未來的毛毛頭和未來的我們，我們的話題總是繞著那些打轉，壓根沒把其他的事放在眼裡。

我曾聽說她是獨生女，父母住在岡山市。我們雖然談到近日就陪她一起回老家，順便正式拜見她的父母，卻沒有談到她的老家在市內何處。

千繪以前談過什麼樣的戀愛？有什麼朋友或是以前在那裡工作？獨處時都在做些什麼？這些事我一無所知。

在她消失的半個月前，千繪拜託我借錢給她，雖然只有兩百萬左右，卻是我的全部財產。

她說她的表妹挪用了一千萬的公款，如果親戚不設法湊齊這筆錢全額歸還，會吃上刑事官司。

細谷小姐也很擔心，她打電話到千繪的履歷表上填寫的短大詢問，也替我調查她是否在區公所搬了遷出手續。雖然的確有那間短大，卻不可能把畢業生姓名告訴校外人士；區公所也同樣礙於制度，唯有當事者本人才能查閱那種記錄。

一直把千繪當成自己女兒一樣疼愛的細谷小姐，看起來很失落。

她該不會是拿著兩百萬逃走了？說不定，打從一開始就是為了騙錢才接近我？旁人看來或許心裡抱持這種懷疑，畢竟就事態發展看來，的確可以這麼解釋。

然而我說什麼都無法相信，千繪絕對不是那種女人。

現在是如此，哪怕今後永遠見不到面，這種想法恐怕到死都不會變。我這具曾經將她摟在懷裡，一再感受她那種顫抖的身體，不斷在吶喊著絕對不可能——

我慢吞吞離開窗口。

如果不刻意努力，身體根本動不了。我在工作桌前坐下，卻連頭都懶得抬，支肘托著下巴。

我極力設法將心情從千繪身上拉開。

我無意義地瞇起眼，望著桌上散落的紙張，戶籍謄本、改製原戶籍謄本、戶籍附票、家族的住民票。

這是我想起圖書館內設有週末也承辦窗口業務的市公所分所，特地在開店前去申請來的。因為我忽然想到，這些資料當中應該也記載了我們一家以前在東京時的住址。

我自己也不明白找出二十幾年前的住址之後，難道要老遠跑去東京找出昔日的老鄰居，給他們看現在這個母親的照片，確認她是否和當時的母親是同一個人？實際上，我也的確有一點這種想法，心想這點小事就做給你們瞧瞧吧。

無論怎樣都好，總之我渴望知道我們這個家族的過去。

只是最後還是沒查出地址。只知道我的出生地是東京都北區，但這不過表示婦產科醫院位於北區。

戶籍登記的是現在在駒川市的住址，我以前就知道這件事，因為搬家的同時就遷了戶口。戶籍謄本上寫的是從群馬縣前橋市遷至奈良縣駒川市。前橋市是母親的娘家，也就是外公外婆的家，沒什麼好奇怪的。

出乎我意料的是，附票及住民票上記載的原住址也同樣是前橋市的地址。明明住過東京，為何沒有那個住址？

起先我滿腦子都是疑問。我心想果然有人企圖隱瞞什麼，所以動了手腳讓人無法查出我們家以前住在東京何處。

但在這時，我想起那場火災。

我們因火災離開東京的公寓後，曾暫時借住在外公外婆家，說不定當時也把戶口遷過去。若是那樣，基本上就說得通了。

無論如何，我想知道我們在前橋市之前的東京住址。

根據上午試著上網搜尋的結果，我們移籍駒川市後的除籍謄本似乎仍留在前橋的市公所。如果去那裡找，有可能查到線索。這令我很興奮，今日若非週六，我說不定已經立刻趕往前橋了。

但是實際上，我目前根本束手無策。

如果外婆不是現在這種狀態，我就可以趁著去探望她時，不動聲色地打聽看看了。但外婆的失智症日益惡化，連女兒死了都不知道。

最主要的是我自己的記憶完全派不上用場，令我很不甘心。無論我再怎麼努力回想入院前的事，也毫無記憶。住過的家、四周的樣子，乃至其他一切，通通想不起來。

我的幼兒期的最初記憶就是住院期間。同病房的小孩、溫柔的護士小姐、爸爸帶來的玩具機器人，雖是零碎斷片，但我印象鮮明。

沒有記錄，沒有記憶，只有那來歷不明的筆記本——

我保持托腮的姿勢，一手拎起戶籍謄本。

我再次看著美紗子這個母親的名字上，被公事公辦地毫不留情畫下的斜線。

那露骨的死亡標示令我心痛，但是同時，弟弟吐露的母親抱著枕頭看我睡覺的那一幕，卻也不禁浮現腦海。因此就連把母親的死亡視為死亡地衷心哀悼，我都做不到了。

每當腦海浮現那長年以來的熟悉身影，總會如同雙重曝光的照片，與一個穿花洋裝的年輕女人的身影重疊。短短的捲髮、雪白的手臂、挽著那個手提包的手上，還拿了一把收起的陽傘，明明知道她在微笑卻看不清五官。一片白濛濛沒有五官的臉孔，卻凝視著我微笑。

悲傷與恐懼的混合物在記憶底層晃來晃去地掀起波濤。

她真的被調包了嗎？若真是如此，在我四歲之前的母親到哪去了？

左思右想之後，思緒總是回到這個問題。

我不禁嘆氣，從早上就一直不停嘆氣。

無論是那本手記的記述內容，或者母親被調包的記憶，我說不定都恨不得那是事實。車禍身亡的母親、消失的千繪、重病衰老的父親、痴呆的外婆，以及這間店或許隨時會倒的經營狀況，說不定我只是為了忘記這一切，才恨不得投入那種妄想罷了。

打從剛才，外面就一直有狗吠叫。

野外區的狗狗通常只會跑來跑去，並不常吠叫。

一看時鐘已快四點了，我驚愕地跳了起來。上樓前明明說好只休息一小時，結果卻超過這麼久。

正要下樓時，又傳來吠叫聲，我有點慌張。

如果不趁事情還小時，處理狗狗之間的糾紛，就會變得很嚴重。有一次，整個野外區的狗狗都被興奮的情緒感染，甚至鬧到幾乎發生流血衝突，幸好很快就平息下來。但是雖然所有狗狗已經沒事，飼主之間卻沒這麼好說話。彼此批評對方的狗沒教養，互不相讓。最後，好幾人憤而退會。

不過過去一看，野外區什麼事也沒有，原來只是兩隻迷你雪納瑞在催促主人快點丟球讓牠們撿。

太陽還高掛天上，流雲閃耀發白。

角落那邊，那智跟著柴犬正在讓牠練習鑽過當玩具的粗大水管。一旁的飼主是個有點引人注目的美女，克拉奇一定已經回家了。

柴犬不敢進水管，但那智雖只是打工的，卻打從開張就在店裡了，所以很老練。以強勢的溫柔馴服了故做乖巧，正在伺機準備逃走的狗狗。

看著那種光景，我一團混亂的腦中總算吹入一陣清風。

細谷小姐正好在這時端來咖啡，替我放在旁邊的空桌上。

我滿心感激地喝著咖啡，只見順利鑽過水管食髓知味的柴犬，以及其他被吸引的狗，開始一一鑽進水管隧道。

坐在陽台的桌邊喝飲料的客人，也看得津津有味。

美女飼主一臉佩服地道謝，那智說著沒什麼，隨手比了個敬禮的動作。

美女飼主以及在場的多數客人，看樣子顯然都以為平時無論塊頭和態度都高人一等的那智是店長，偏偏那智自己也完全無意糾正大家的誤會，所以才傷腦筋。

大塊頭的拉布拉多鑽進去，水管像蚯蚓一樣滾來滾去。某個客人說，該不會在裡面卡住了吧，頓時響起哄然大笑。

其他的狗狗露出似乎對待遇還算滿意的表情，在區內漫無目的地走來走去。那種有點令人感傷的模樣，不知為何越看越像人類。

但是這樣也不壞。對此刻的我而言，唯有這個狗狗置身的有限空間是奇妙的烏托邦。只要待在這裡，我就相信有一天千繪一定會回來。

6

我在站前咖啡店的二樓，隔著玻璃監視父親的到來。

來往行人很多，我本來還有點不安怕自己會看漏，但三點半左右，穿著墨綠色馬球衫走來的熟悉身影出現。雖然腰桿挺得筆直，步伐卻不像從前那般有力，讓我認清了父親確實正在惡化中的病情。

雖然沒有固定的會客時間，但父親為了親手餵外婆吃東西，總是配合五點的晚餐時間過去。

我等了一會兒，確定他應該已經穿過剪票口後，才離開咖啡店。

我急忙踏上返家之路，卻又猶豫地暗想，現在還來得及回頭。如果真的看完，說不定會演變成無法挽回的局面。

但是心裡雖這麼想，身體卻好像不斷被那本手記的磁力拉過去。

我沒有對母親的遺照行禮上香，直接從玄關衝上二樓，踏進父親的書房。也許父親臨出門前還在抽菸，室內瀰漫菸味。

拉開壁櫥，看起來仍保持前天我匆忙把東西塞回去時的狀態，安心之下頓時渾身脫力。

從箱底取出牛皮紙袋之前，我先拿起白色手提包。

皮包散發出滿是塵埃的皮革味，那個模糊的女人身影頓時再次逼近眼前。那個穿著花洋裝朝我微笑，也許是母親的女人。我總覺得，她八成早已死亡，我的親生母親——

對於那個母親，我甚至不知該有何感想。

我吐氣、吸氣、再吐氣，不能再磨蹭下去了。

我拿起牛皮紙袋走到明亮的窗口，從中取出所有的筆記本。拿起編號二的那本，立刻翻頁。

一時之間想不起上次看到哪裡，但「光子」這個名字忽然映入眼簾。對了，上次看到手記作者與打消偷竊念頭的光子一起走出超商——

但是一開始閱讀，我頓時差點失手將筆記本掉到地上。

作者，或者該說文中的「我」竟是女的！有個地方忽然讓我發現這點，是提及「我」的服裝的部分，我緊盯著那裡。

若是父親寫的手記，那就說不通了——

之前想了又想的念頭，在腦中土崩瓦解四散紛飛。

我就這麼好一陣子地茫然倚著窗邊。

收到簡訊的聲音響起，我才赫然回神，是弟弟。

〈我已和爸在大和郡山車站會合，現在要一起去看外婆。〉

〈知道了。〉我回信，但指尖卻哆嗦到可笑的地步。

若說這不是手記，也有可能父親假冒女人身分寫的某種小說。但對我而言，我卻完全無法那麼想。我無法擺脫「文章內容都是真的」的直覺。

這果然還是某人的手記，是某種告白，而且那個某人如果不是父親，就只可能是母親。不然還會有誰？

我陷入混亂，卻又貪婪地追逐文字往下看。

「就這樣？那走吧，我一起結帳。」

站在收銀台的，是一個無精打彩到令人懷疑即便發現有人偷東西，恐怕也會佯裝不知的年輕男人。

我對光子並無興趣，但打從以前就感到她身上有某種與自己同類的東西。我覺得光子那張濃妝豔抹宛如面具的臉孔，是我努力不引人注目的反面版。

光子現在擺出如此親密的態度，是因爲她也從我身上察覺到什麼嗎？一這麼想，我不知爲何心跳加快。

我們離開超商後，並肩走在步道上，光子撕開剛買的爆米花的袋子，伸手進去抓了一把開始狼吞虎嚥。

「要吃嗎？」

她把袋子遞過來，我也自然而然地抓了一小把。

走了一會兒，我們來到美術館前的噴水池。

「要坐嗎？」

光子又說，於是我們在長椅坐下。這時光子突然伸手，用沾著爆米花殘渣的手指拉扯我的衣服。

「這件襯衫的荷葉邊眞可愛，在哪買的？」

她雖這麼問，但似乎不打算聽答案，拿著空袋子去旁邊的垃圾桶扔掉。一回來立刻又撕開一包零食，再次忙碌地塞進嘴裡。喂！她把袋子又遞給我，「接下來要幹嘛？」

就算這麼問我，我也不知該如何回答。

「喂，妳叫什麼名字？」

我報上姓名，除此之外什麼都不說好像也不太自然，於是我問起從剛才就一直很好奇的事。

「手怎麼了？」

「喔，這個呀。」光子把左手腕湊近眼前，檢查有點滲血的繃帶，「昨天，我又割腕了。」

我不懂她的話中之意，於是沉默。當時在這個國家，自殘癖這個名詞與行爲都還不普遍，至少我個人對此一無所知。

光子彷彿很看不起我的無知，她把下巴一抬，接著用高亢稚氣的聲音，開始說明什麼是自殘癖。她那令人無法想像眞實長相的濃妝，使得她看起來不像是人類，倒像是機器人之類的東西在講話。

她一開始說只是因爲美國很流行，所以才試試看。因爲覺得自己走在時代尖端，因爲手腕的繃帶看起來很酷，因爲流血會讓頭腦清醒，所以她斷斷續續一直沒戒掉。驀然回神才發現已經戒不掉了，大意如此。

說完後她唐突起身，把膝上的零食粉末拍掉後說了聲再見，便快步離去。

之後，每次在校內遇見，光子都會走到我身旁，有時還會勾著我的手，而且遇見的次數多得讓我只能說她是刻意如此安排。

大約是第三次受邀時，我終於去了光子的住處。

大概是家裡給了很多錢，她的住處一看就知道不缺錢。抱枕和窗簾乃至壁飾，通通都是碎花圖案、荷葉邊、鑲金線以及珠串，光是化妝品幾乎便可塞滿衣箱。室內充斥著香水與舊布與汗水，還有血液混雜的濃厚氣味。

像這樣到別人的住處，甚至與他人單獨說話，對我而言都是頭一遭。而且，我強烈感到，對光子而言也是如此。

看來我們應該算是朋友，但彼此都不習慣應付朋友這種東西。

沖泡紅茶後，我與拚命吃爆米花卻異樣沉默的她，對坐了三十分鐘左右。那天我就這樣離開了，但臨走時，她給了我房間的備用鑰匙。

「欸，欸，後來，我又狠狠割了一刀。」

翌日，光子舉起裹著厚厚繃帶的手給我看，然後用只是附帶一提的語氣說，「今天，妳也會來吧？」

去她住處之前，我讓光子等著，在超市買了兩公斤白米和海苔。

我在光子的廚房，用她那看來一次也沒用過的電鍋煮飯，做了很多約有雞蛋一半大小的迷你飯團裹上細海苔，叫她吃下去。因爲看她別的什麼也不吃，整天零食不離口，實在很噁心。

光子抗拒不從，說她除了零食吃別的都會吐，但我不管。

「就算吐出來也沒關係，總之吃就對了。」

她雙眼含淚，像要呑毛毛蟲似地吃了一個飯團。

再吃一個，我又說。然後，再一個，——再一個。

吃下五個左右後就算我不說，她也自動伸手，最後好像吃了十個。之後，她不時像想起來似地把盤中剩的飯團放入口中，同時東拉西扯地談她自己，「在屋裡時我會折下。」她折下手腕的繃帶，第一次讓我看傷口。

從手腕到前臂的中間爲止，就像虎斑貓的肚子一樣形成條條褐色斑紋。那些舊傷之中，也夾雜著幾條還沒乾透的鮮紅傷口，有一兩條看起來割得相當深。

「割的時候會痛嗎？」

「當然會痛，不痛不就太無趣了。」

飯團全部吃光後，光子打開焦糖爆米花的袋子，把爆米花倒進空盤子，又開始繼續吃。

「割得深卻出血不多，會覺得少了什麼，於是一割再割。」

「血是溫熱的喲。好幾個傷口流出的血混在一起，滑落手臂時，我會覺得好舒服。」

「有一次大概是割到靜脈了，流了好多血超過癮的，不過後來我想清洗傷口時，一頭栽倒就暈過去了。從此我就開始天天吃貧血的藥。」

「血爲什麼不是藍色或綠色，偏偏是紅色呢？紅色，在各種顏色當中好像也很特別呢。」

「不過流出體外變乾後，看，像這個抱枕套。就變成顏色這麼髒的污漬了。」

我總是默默傾聽這種話，但從光子那種彷彿在談論隨意租來的錄影帶情節的語氣，我絲毫無法想像自己割自己這種舉動，到底是什麼感覺。

不過不知爲何，我一直思考著有什麼方法，可以讓光子戒掉這種毛病。就算有一天我會親手殺死光子，我也不想讓她再繼續這樣自殘。

和光子一起在外面走路的話，有時會被陌生男人搭訕。

對方一定是以爲化濃妝的女人跟誰都會輕易上床吧。在男人看來，只要能上床，即便是光子這種瘦巴巴的怪胎，也無所謂吧。

光子住處附近的拉麵店年輕店員，也是那種人之一。我們沒去過那家拉麵店。店員出去送外賣或送完回來時偶爾會與我們擦身而過，每次他都會半帶調侃地出聲邀約。

「討厭，又碰到拉麵了。」

發現被人盯著，光子總是皺起眉頭不掩嫌惡，偏偏又突然弱不禁風似地放慢腳步。

「嗨、嗨，小姐們，下次放假，我們去兜風好嗎？我的車子很不錯喔。」

我們以拉麵稱呼的年輕人，滿臉青春痘還有暴牙，是個看起來就滿腦子只有性欲的男人。他故意停下送外賣用的摩托車，用那種擺明經常與女人打交道的態度朝我們笑，眼睛卻不安分地躲躲閃閃遊移不定。

「哼，眞討厭。」視而不見地走過去後光子說，「就像發情的狗。那傢伙，肯定每天自慰十次。」

「光子不也是嗎？」

話從我嘴裡脫口溜出，光子睜大與眼影之間界線模糊的眼睛。

「什麼？討厭，妳胡說什麼？我才沒有自慰。」

「可是自殘就是一種自慰行爲。」

在飯團之後，我又做過馬鈴薯沙拉和烏龍麵、煎蛋捲，一點一點地逼光子吃，因爲我覺得只要吃了正常食物，她對自殘的興趣應該會降低。

雖有少許效果，她還是戒不掉自殘行爲，實際上這天的繃帶上也滲出新的血跡。我認爲她若能醒悟自殘根本一點也不酷，和自慰一樣都是見不得人的行爲，說不定就能擺脱那個毛病了。

另一方面，無論是和光子在一起，或是獨處時，我滿腦子都在拚命思考怎麼讓她死去。甚至有時光是想像那個瞬間，便會亢奮得起雞皮疙瘩。這點和想讓她擺脱自殘行爲的念頭，在我心中毫無矛盾地共存，如今想想還眞奇怪。

自殘被我說爲自慰一事，似乎讓她大受打擊。

光子情緒低落的情形漸增，但她也沒停止自殘，次數雖然少了，刀口卻變得更深。

某天在光子的住處，我突然心生一念，試著拜託她：

「欸，能不能割我一刀？」

「妳、妳說什麼——不要突然胡說八道，好嗎？」從她那顫抖的聲音，可以知道她是打從心底畏怯。

「割我又不是自慰。」

「割別人這種事，我光用想的就覺得毛骨悚然。」

「不然至少把每次用的美工刀借我看看吧，只是看看應該沒關係吧？好了，快去拿來。」

光子平時雖然看似傲慢，但只要一強勢地下命令，她就會像吊線木偶一樣，乖乖聽命行事。

我讓她把美工刀之外的必要物品也全部在桌上準備好，相對而坐。

「給我瞧瞧光子都是怎麼割的。」

光子拿起美工刀，定定凝視。

「快呀，就照光子每次那樣做就行了，快動手。」

桌上除了幾把美工刀，還放了衛生棉、塑膠袋、繃帶、膠帶。

光子一臉茫然，把傷痕累累的左手整隻套進塑膠袋，右手拿美工刀抵在手腕上。

我點點頭，她悲傷地一逕凝視我的眼，二話不說便倏然劃下一條紅線。割得很淺因此還不至於流血，透明的塑膠袋只不過被她流汗的熱氣弄得霧濛濛。

「挺簡單的嘛，我可以摸摸看嗎？」

我用食指尖輕觸新傷口，以及褐色結痂隆起的舊傷口。

「我也幫光子割割看吧，不知道到底什麼感覺。」

她並未特別抵抗，於是我按住光子的手腕，又劃下一條與剛才那條平行的紅線。忍住顫抖的衝動湊近一看，只見在溢血之前，透明如露的水蓄積在傷口底下。

然後，我伸出自己的左手。

「來吧，做爲友誼的標誌，也割我一刀。」

足足有三分鐘的時間光子都沒動，我也不發一語。

然後她向前屈身碰觸我的手臂。

一瞬間便結束了，過了一會兒，我才感到輕微的疼痛襲來。

我們把受傷的手臂各自往桌上一放，就這麼面對面。兩人的傷口都有幾絲鮮血，形成細細的血流沿著手臂滑落。

我暗自期待割我這個外人，或許能改變光子針對自己的衝動方向。

光子霍然回神起立，迅速包紮自己的傷，也在我的手腕貼了一塊衛生棉拿繃帶纏裏。途中她開始哭泣，哭了又哭還是不停，最後她撇下我把自己關進寢室去了。

過了一會兒，我過去一看，只見她哭花的臉弄得像調色盤地陷入沉睡。

那晚，我離開光子住處沒走多遠，就遇見拉麵。

倒也沒啥好奇怪，拉麵始終在這一帶晃來晃去，像是專門在等著光子。畢竟他是送外賣的，要查別人的住址實在輕而易舉。

光子平常都會跟著我一路走到車站。

「咦？怎麼啦？今天怎麼沒看到那個像妖怪一樣的女生。」

「妳要一個人回去？小姐，妳家在哪？我送妳吧。」

這晚的拉麵沒穿那件沾滿油膩湯汁的白色工作服，身上是一件藍色高領毛衣。

割光子手腕時猛然湧起的亢奮遲遲找不到退回去的路，正在我的體內盤旋。

「你眞的願意送我回家嗎？」

這是我第一次跟他說話，所以拉麵好像很驚訝。

「好啊，我送妳。」

可以看出他吃力地把露骨的歡喜藏在板著的臉孔底下。

我轉個身，開始朝車站的反方向邁步。

「咦？妳要繞遠路嗎？對了，妳叫什麼名字？啊，妳可以喊我喬。」

「我叫光子。」

「光子美眉，妳知道嗎？我啊，其實，喜歡的不是那個妖怪，是妳喔。不騙妳。」

光子的公寓位於略高的小丘陵中段，往下走是通往車站的大馬路，往上走的路是一望無垠的安靜住宅區。我一再拐彎，慢吞吞地往上坡走。

拉麵故意吹著口哨跟來，最後他終於忍不住說話了。

「欸欸，光子美眉，妳到底打算走多遠？已經很晚了，差不多該去妳家了吧？」

我們不知不覺已越過丘陵的頂端走向下坡路，拉麵發話的時候，我正好也終於找到一直在找的東西了，階梯。

走到下去的梯口處，我停下腳步，雙手放在膝上。

「光子美眉，妳怎麼了？」

「我的腳好痛。可以背我下去嗎？」

拉麵湊過來窺視我的臉。他雖然穿著藍色毛衣，卻依然散發拉麵的氣味。

「啊——背妳！哇靠！」

「不行，是吧？的確，這需要力氣嘛。」

「我當然有力氣，沒問題，好啦，我背妳——好，來吧。」

拉麵把背對著我蹲下身的瞬間，我朝他的腰一腳踹過去。他還來不及叫，嘴巴就已撞上階梯，所以只響起嗚的一聲喉音。拉麵的身體頭下腳上地滾落，停在中途的階梯平台上。

不知何故，那種歡愉，也就是百合心，並未出現。雖然心臟發狂般地撲通亂跳，但那只不過是這種情況下，理所當然的生理現象。

我確定四下無人後走下階梯，來到拉麵的身旁，我不清楚他還有沒有氣。我盡量不去看那張痘疤臉，一點一點地拖著他沉重的身體直到平台邊緣，然後爲了讓他滾落剩下那一半的階梯，再次擠出渾身吃奶的力氣把癱軟的拉麵踹出去。

之後我沒再管他死活，就走回上面的馬路，懷著悵然若失的心情，朝應該是車站的方向邁步走去。

過了一段日子，直到光子說最近好像都沒看到拉麵時，我才告訴她發生的事。

「啊，眞可憐，他眞的死了？」

「我當時沒有確認。」

「報紙應該會刊登吧？」

「誰知道。」

「不會被人發現？」

「應該沒事吧。」

後來，過了一些日子我又再度讓光子替我割腕，我試圖讓她在嘗到割別人的滋味後，能夠戒掉自殘的毛病。

但是比起替我割腕，光子更喜歡我替她割腕。割我之後，她總是會懇求我也割她一刀。

「超舒服。」

互相替對方割腕後，她把鮮血淋漓的手臂隨便一擱，便痴迷地閉上眼。

「眞有那麼舒服的話，每年過生日我都幫光子割，所以不要再自己割腕了。」

「那怎麼行，一年才一次的話，我哪熬得住。」

「總得試試讓自己習慣啊。」

「欸，我們離開這種地方，一起去別處吧。如果去個很遠很遠的不知名的地方，我想我應該可以正常過日子。」

「就算去很遠的地方，還是一樣。」

「最好往北走，那種到了冬天就一片雪白的地方。對了，乾脆就去北海道。若是北海道，一定像外國一樣。」

「如果眞的想這麼做，那光子能答應我從今天算起，至少在兩個月內絕對不割腕嗎？」

「可以呀，一言爲定。區區兩個月絕對沒問題。」

我當然壓根無意和光子去什麼北海道。但我還是買來北海道的旅遊指南，與光子一起看著四季各有不同風情，宛如別樣天地的照片。

光子如果眞的能夠撐過這兩個月，我打算到時再找別的理由，一個月再一個月地慢慢延長下去，我認爲有希望。起碼在食物方面，她已慢慢有了進步，如今除了肉和魚以外幾乎什麼都能吃了。

我們會在函館租房子，去當女服務生或花店店員。我煮菜，光子負責打掃房間。等我們存夠錢，就開個花店兼咖啡屋的小店。在我們的店裡，客人可以在滿室花香中喝咖啡、吃蛋糕，一邊環視店內考慮要買哪種花。

就在我們毫不厭倦地談論這些事的過程中，由冬天到春天，日子安然度過。

光子笑口常開，不知是否心理作用，我覺得她好像也胖了一點。她說願意出旅費，一個勁地邀我跟她一起先去函館實地勘查一下。

我實在懶得旅行，但事已至此，好像也只能跟她一起去一趟函館了。

橫豎都是要去不如七月出發，我打算等約定的兩個月過完後，再繼續連哄帶騙地幫她熬過出發之前那段期間。

約定的兩個月即將結束的最後一週開頭，走在我身旁的光子在路中央突然身子一軟，原地暈了過去。

她在暈倒之前明明毫無異樣，一看之下才發現她的襯衫袖口正在滴血。

有路人聚集過來，所以我也無能爲力，回過神時，我已經和光子一起坐上某人叫來的救護車了。

據醫生表示，光子同時割了手腕與手肘內側，兩邊的傷口都相當深，而且手肘還有她自己拿針線試圖縫合的痕跡。

過了一會兒，一絲不苟穿著珍珠色和服，自稱是光子母親的女人出現，毫不客氣地上下打量我全身，於是我直接離開了醫院。

幾天後我去光子的住處一看，她已經出院，躺在自己的床上。

「對不起，我終究還是辦不到。」

光子脂粉未施，令我驚訝得話都說不出來。原來她是這種長相，我完全無法想像。雖有五官，卻像未足月便早產的虛弱嬰兒，像我扔進河裡的衰老的百合子。她一定是日復一日地哭了睡、睡了哭吧，肌膚帶著濕潤地老去了。不只是臉，耳朵，乃至被窩裡的身體，光子全身好像縮小了一圈。

「光子——為什麼無法遵守約定呢？」

「就跟妳說我不行。」

「我們不是說好要一起去函館嗎？」

「我忍不到那時候了。」

「那麼，再重來一次吧。」

「已經不行了。」

「為什麼？」

「因為我太喜歡割腕了。」

光子從開始就一直不肯正視我的眼睛。她的眼中再次溢出淚水，一滴，又一滴地浸濕枕頭。

「光子所謂的喜歡，是怎樣喜歡？」

我盡可能柔聲問她。於是那張不像人類的奇妙臉孔，浮現拚命思索該如何表達的表情。

「因爲，如果不割腕，我，很多事——總覺得，好像都莫名其妙——」

高亢如孩童的聲音打住，又是一段漫長的沉默。

「割腕——割的時候，唯有那一刻，全部——全部，全——部——」

她似乎怎麼也想不出來「全部」後面該說什麼，嘴角劇烈顫抖著。最後，她灰心地閉上眼，冒出無力的哭聲。

其實我早已明白光子說不出的話，應該說那種情緒根本無法訴諸語言。正因如此，我才會無奈之餘，替它冠上百合心這種可笑的稱呼。

「那麼我不會再阻止光子割腕了。對光子來說，割腕是非常重要的事情吧。」

我想我打從一開始就已知道這件事了。

只是我就是本能地厭惡自殘這種方法，我只是想讓她戒掉那種方法。

「不能去函館了呢，反正本來也不可能去。」

「當然能去，等光子康復了我們就去。」

「——我已經不想動了。」

見我沉默，光子又說：

「我已經不想吃，也不想離開被窩。」

「光子現在想割腕嗎？」

她似乎微微點了一下頭。

「要我像之前一樣幫光子割嗎？」

她再次微微地點了頭，那動作微弱到幾乎看不見。

我問她那些必要用具放在哪裡，暫時離開她身旁去拿用具。

「欸，我們還是去旅行吧。找個比函館、比北海道更遠的地方，乾脆找個外國地方，好嗎？去那種連地名都沒聽過的小鎮，改天我們一起去吧。」

我一邊替光子的左手套上塑膠袋，一邊這麼說。之所以刻意套上塑膠袋，是因爲我想按照光子每次的方式進行。

我想她早已明白接下來會發生的事。

「在遙遠的城市，我們開的店——」

「對，很小的店，但是可以在滿室花香中喝咖啡。」

爲了一次解決，我割下很深很長的一刀，抱著將手腕割斷一半的打算。

「杯子、盤子、糖罐，整套全都是雪白的。」

「那樣子一定更能襯托出周圍的美麗鮮花。」

「掛在門上的鈴鐺會喀啷響，還有熱鬧的說話聲。」

「我烤蛋糕，光子配合客人的喜好，紮出一束又一束的鮮花。」

「不只是玫瑰和康乃馨——」

「還有滿天星和金鳳花，以及從原野摘來的不知名花草。」

鮮血以超乎我想像的勁頭猛然噴出，塑膠袋立刻變得沉重。

「啊啊，超舒服——」

我們已不再說話。

在旁人看來，我們可能只是相顧無言，但我們都沉浸在鮮明的覺醒中。小時候長著肉瘤的後頸根，像抽筋般變得僵硬，一下又一下地跳動著。

光子和我都是人類的瑕疵品。就像棲息在爛泥沼塘底下的醜陋鯰魚。即便是不知爲何會生爲鯰魚的鯰魚，唯有這種時候，得以浮上水面呼吸乾淨的空氣，在日光中看見世界的正確面貌。唯有那段期間，可以活得像個人。

這時與光子一起看到的世界面貌，至今仍在我心中烙下殘影，想必至死都不會消失。

鮮血自塑膠袋溢出染紅了地毯。

光子中途就閉上眼，開始昏昏沉沉了，而我一直望著她，直到她眞正死去。

第二本筆記還剩下許多空白頁，到此結束了。就算沒結束，我恐怕也無法繼續往下讀。

我依舊倚著窗框，像即將溺斃的人一樣喘氣。髮根和臉孔乃至背部，都覆上一層冷汗的薄膜。

我無論如何也無法相信這是虛擬故事。從文中的每一行記載，都可感受到真真實實的清晰深刻。

是母親嗎？真的是母親寫的嗎？閱讀期間，腦中一隅頻頻如此問我自己。如果不是父親，那麼唯一的可能就是母親。弟弟不是說過嗎？若是母親，或許是有可能的。

我蒙著臉用力按住太陽穴。力氣放盡，無法有任何正常的想法。即便如此，我還是想勉強理出思路，掌握狀況。

窗外是一成不變的風景。初夏晴朗的週日，鄰居院子的繡球花仍在生意盎然地綻放。

假設母親是殺人兇手，那會怎樣？

調包前的那個母親被這個母親殺害了嗎？

那束頭髮是遇害的母親的嗎？

若是這樣，為何包裹頭髮的和紙上，會寫著美紗子這個母親的名字？

那時她抱著枕頭坐在我枕邊，是因為本來也打算把我也殺掉嗎？

踩著父親的涼鞋拖拖拉拉像夢遊患者般行走的母親，她那畏怯的模樣暗示著什麼？

母親的死，真的是車禍意外嗎？

她有沒有可能是為了贖罪而自殺？或者是父親得知母親的罪孽後下的手？

歸根究柢，父親是否知情？

不，當然不可能不知情。父親與母親若非共謀，不管背後有什麼隱情，母親都不可能若無其事地頂替以前那個母親的位置。

我這才感到純粹的恐懼，這是現實嗎？長年來一同生活的父親臉孔，以及母親的臉孔，好像一下子突然都想不起來了。即便凝神細想，也只浮現沒有五官一團漆黑的扁平臉孔。過去我稱為父親母親的那兩人究竟是誰？面對那個疑問，我畏縮了。

我早就知道時間不多。一看手表，已經過了五點。

照顧外婆吃完晚餐後，父親如果沒去別處，最晚七點之前一定會回來。不過在那之前弟弟應該會從大和郡山車站通知我，所以應該暫時還不要緊。

四冊當中，我才看完二冊。我拿起編號三的那本，緊張地翻頁。

從開頭幾行，可以看出二號筆記與三號筆記之間隔了「很長一段時間」。

或許也因為如此，字體好像也有微妙的變化。雖然可以肯定出自同一人的手筆，但少了一點生硬，比較容易閱讀了。

或許是因為看的時候抱有先入為主的偏見，但不能不說的確有點像母親的筆跡。

7

很長一段時間沒寫了，現在我決定再次提筆。本來這是爲了光子的事才寫的，所以我原本以爲已經就此結束了。

但是，我想告訴你所有後來發生的事情。說謊，實在太痛苦了。

我只能再次從頭開始一五一十地交代，所以還請你包涵。我實在不擅長挑選必要事項重點說明。

光子死後，過了幾年，我成爲某家建材公司的事務員。

我還是一樣，戴著讓人看不出是面具的面具盡量不引人注目，但公司比起學校是個更冰冷的異樣場所。學校至少還有什麼也不做的自由，高興時就完全與周遭斷絕接觸的自由，公司卻沒有。

我是爲錢出賣自己，所以被強制工作也無話可說，但工作以外莫名其妙的人際關係，不論是否甘願也得參與其中，否則在公司這種結構中，不可能順利做好工作。

比方說，某位同事的獨生子得了小兒癌症死去時，大家都圍著那個還很年輕的社員七嘴八舌地慰問。

有人說擔心得睡不著；有人說想到世事無常，連工作都失去幹勁了；有人抓著他的肩膀搖晃說，還有大家支持他，一定要加油。人人都愁眉苦臉，有幾個女職員甚至眼泛淚光。

我也拿手帕按住眼角遮住臉孔，因爲我怕我戴的面具會龜裂。

我無意批評他們爲了一個並不特別親近的同事，爲了一個素未謀面的小孩，人人都如此深受打擊太奇怪。不是的，眞正奇怪的是，慰問者與被慰問者雙方都明白那其實是一種演技。

我不明白爲何要進行那種宛如詭異遊戲的行爲。

眾人散開後，女職員立刻在化妝間重新塗睫毛膏，一邊咯咯嬌笑。

我成了有名的愛哭鬼，因爲我動不動就拿手帕遮臉。

女職員結婚離職時，

「恭喜！感覺就像自己辦喜事一樣開心呢。」

「就算結了婚，我們也永遠是好朋友喔，絕對不會變。」

碰上這種大家互相肉麻的場面，我也會拿手帕遮臉。

工作上發生對立，不知該站在哪一邊時，我也拿手帕遮臉。

只是累了，不希望任何人找我說話時，我也繼續拿手帕遮臉。

大約一年後，我就被趕出那家公司。

我喜歡每天四處遊蕩。

我尤其喜歡坐在速食店的窗邊或公園的長椅，茫然眺望路過的行人。這麼做的時候，就會發生明明知道周遭的事，偏偏就是意識核心陷入沉睡的現象，該稱之爲白日夢嗎？我夢見了各種情境。

在我內心，光子這個百合心絲毫沒有褪色。割開的手腕永遠有鮮紅的血液流個不停，永遠凝視著我。在那個光子內部有著百合子、小滿、在公園被夾斷脖子的小男孩，大家都在那裡面。

起初，只有拉麵沒加入。我想一定是因爲我對拉麵沒有任何好感，我討厭他。

但是有一次我又坐在人潮旁邊，意識核心再次陷入沉睡，早已徹底遺忘的拉麵竟在夢中出現。我不知道爲什麼，因爲夢畢竟是憑著它自身的意志，自由生存的生物。

拉麵穿著白色工作服，騎著一輛後座裝有架子以便吊掛外送箱的摩托車過來。

——嗨，嗨，小姐。

來到我身旁後，他一腳撐著地面說，

——我說妳呀，爲什麼不讓我加入？排擠我一個人，太過分了。

我想起轉過身想背我的拉麵，身上那股麵湯的氣味。於是從那時起，他也成了光子的一部分。

有時我也會想，索性以殺人罪被捕反而更好。

不是基於罪惡感，我從一開始就沒有罪惡感那種東西，但若問我那是爲了什麼？我也答不上來。

我至今仍不懂拉麵與光子兩人的死，爲何那麼簡單就結案了？警察到底在做什麼？他們到底有沒有好好調查指紋及其他證據，他們到底有沒有將這兩件事視爲殺人命案？光子那時我的確動了一點手腳。我好歹也有自保的本能。比起判死刑，被關進監牢那種狹小空間更讓我害怕，我恐懼到光是想像就快發瘋。

所以我把自己用過的美工刀及塑膠袋帶走了，從光子的美工刀中選出另一把，放在血泊中。

但是我也明白那種障眼法，只不過是自欺欺人。屋裡很多地方都有我的指紋，況且很多人都知道我與光子走得很近。如果眞的有心調查，應該會發現很多疑點。

我最近看的書中提到，非自然死亡者當中僅有百分之幾的人才會進行司法解剖。說不定，警方根本就有不想把殺人命案視爲殺人命案的傾向吧？其實，無論哪個地方都有許多凶殺案發生，只是那些案子大部分都像拉麵與光子一樣，沒有浮上台面就被處理掉了吧。

日復一日，我無所事事，即便走在雜沓人群之中，也感到雜沓離我很遙遠。在大都市，縱使一兩個星期都不開口，照樣也能生活。在這種完全不出聲的日子裡，我浸淫在一種聲帶悄悄退化的安寧心境中。

我已記不清那是何時的事了，總之那天我從中午就坐在公園長椅上，一直待到天黑還坐著。

夜深後，我起身朝馬路的方向緩緩走去，就在靠近出口的地方被一個倚著汽車的老男人叫住。

最近好像常看到妳啊，男人說，然後他問我多少錢。

他見我沉默不語便說，算了，無所謂，上車吧，然後自己先鑽上車。他的語氣和態度都很自然，不像我以前上班地方的那些人。

我也知道男人誤會了，但他好像會給錢，這樣就好。當時我已經離職有段日子了，生活非常困苦。

在他帶我去的房間裡，不管他對我做什麼，我都覺得反正就是這樣，乖乖任其擺布。

老男人說他第一次遇到是處女的妓女，給了我很多錢。

這時我思忖，或許這份工作比當事務員更適合我。反正兩者都是爲錢出賣自己，差別只在賣的是什麼。肉與肉相互撞擊的觸感的確不愉快，但即便如此，比起玩不來人際關係的遊戲總是得拿手帕遮臉的痛苦，至少還好一些。

我自然而然學會了該怎麼做。需要錢時，我就在夜路上接近男人，問對方「現在幾點？」

我常會被漠視，就算順利談妥生意，也遇過對方耍賴不付錢的情況，但是做這行最大的好處就是不受時間限制。平常可以像之前一樣悠哉過日子，高興時再工作即可。

性行爲我來說，就像是一種解體作業。換言之，就是爲了賣肉，活活地把自己解體。我雖逐漸習慣被如此對待，卻永遠無法抹滅這是一種異常行爲的感覺，不過倒也不至於因此感到痛苦。

說到這裡，我想起自己以前也會把洋娃娃百合子的身體隨意打開，做出類似的行爲。

我還有另一項發現，就是男人全都是廢物。只爲了追求射精瞬間那點程度的快感，就被上天賦與了那麼強烈、幾乎令他們粉身碎骨的欲望，未免太不划算了。難道他們自己都不覺得矛盾、荒謬嗎？

不過，就是因爲男人是這樣的生物，妓女這種行業才能夠存在。

我不時更換地方，盡量避免與同一個客人相遇兩三次以上地繼續賣身。

這是背著別人兩個人私底下偷偷摸摸的行業，所以只要我想，應該也不難隨便弄死哪個客人。但是，我對他們只感到輕蔑，況且我也明白，縱使弄死這種廢物也沒有任何用處。

雖說如此，做妓女的那幾年還是發生了很多事。

某個冬夜。我朝路過的男子發話，「請問現在幾點？」對方回以粘稠不定的沉默，證明他已了解我的目的。

我再朝那張臉仔細一看，竟是我以前上班地點的組長。就是那個搖晃痛失愛子的同事肩膀，勸他加油的男人。

「怎麼，妳是怎麼搞的？瘦成這樣，我都認不出來了。」

他說。

開始賣身後，我的身體的確不太好，所以體重肯定也減輕了。雖然沒被客人虐待，卻像體操選手一樣，全身上下總有淤青和傷口。

即使如此，做這行起碼勝過其他的想法，依然沒變。

「怎麼樣？不做嗎？要走嗎？」

「不是，呃，妳眞的在做這種事？傷腦筋。」

組長以食指尖抓抓額頭的髮線。流露出在公司裡絕對看不到的表情，令那張臉看起來特別有人味兒。

「這裡很冷，總之先走再說吧。去那邊攔車。」

在計程車上，組長遞來三張萬圓大鈔，我收下後，他那隻手直接鑽進我的裙子裡。我一邊把錢放進皮包一邊張開腿。

「妳大概也吃了不少苦吧。」

我本來以爲會去哪家廉價旅館，沒想到竟是在以前那間公司的綜合大樓前面下車。

「這麼晚了，應該不會有人還在加班。」

辦公室位於二樓，大樓的每扇窗子都已不見燈光，只有一片漆黑。

我們拾級而上時，腳步聲與潮濕的呼吸聲回響著。

「我老早就想試一次了，嘿嘿——在辦公室的桌子上。」

組長開門，我踏進了無人辦公室的塵埃與塑膠味之中。自百葉窗縫隙射入的路燈燈光，白矇矇地勾勒出室內情景。

「如何，還是一樣狹小吧。呃——該在哪個女孩的桌子上做呢？」

我跟在男人身後走過成排桌子之間，某人椅子旁的圓筒形垃圾桶映入眼簾。頓時，我毫無計畫與意圖地拿起那個垃圾桶，頭一次萌生殺死這個男人的念頭。

我也不管裡面的垃圾掉出來地直接揮起垃圾桶，狠狠朝前面那個男人的腦袋砸下去。有種似硬似軟的手感，正在動手脫大衣的他，保持雙手反綁在後的姿勢，哼也沒哼便倒在地上。

雖說是自己做的，由於太突然我還是愣怔半晌。這種方式不可能令我感受到百合心的，我覺得好像背叛了自己，玷污了光子的死，心情很不舒服。要不是垃圾桶就放在那邊，我大概會安然無事地躺在辦公桌上，任由組長像過去的每一次地將我解體。

離開現場之前，我怕他又活過來，又拿垃圾桶的底部敲了他好幾下。

下樓走到一半時我停下腳步，思考了一下，又折返辦公室，用包著頭髮的絲巾把垃圾桶及門把上的指紋擦掉。

其實，還有一人也是這樣被我臨時起意殺死。

他是那晚第一個客人。我毫無來由地拿起旅館房間的維納斯石膏像，朝睡著的男人頭上砸去。關於那個連長相都不記得的男人，我想不出有什麼值得一寫。

只是我發現自己似乎在與百合心毫不相關之處養成了殺人癖，令我覺得很不舒服。

每當看到連續殺人犯遭到逮捕的新聞報導，我總會猜想此人是否也被殺人癖纏上了。是因爲小時候遭父母冷落，身心方面有障礙……這些報紙報導的原因，所以才會被那種東西纏上嗎？

他們全都被判處死刑。

或許他們和我都該生於戰國時代。在那個時代即便面對的是陌生人，只要是敵對陣營一律殺無赦，染上殺人的癖好，盡可能殺得更多才是成爲英雄的條件。二次世界大戰時應該也是大同小異吧。國與國的利害交錯糾纏，殺人獲得獎勵，別說是死刑了，甚至好像還能拿到勳章。

拿維納斯雕像砸男人時，我連指紋也沒擦，而且旅館的監視器也拍到了我的身影（不過基於職業病，我應該已盡量遮住臉了）。

即使如此，還眞不知是怎麼回事，我居然沒被逮捕。

我應該被逮捕吧。就算再怎麼沒有罪惡感，我起碼也知道像我這種人不該活著。換言之，問題出在這個國家。

不過這些事，全都只是我隨便想到的，並未深思。

另一個相同的夜晚，我同樣朝男人搭訕。地點就在起先被老男人誤認爲妓女的公園入口附近。

「請問現在幾點？」

低頭蹣蹣步行的男人停下腳，看看手表立刻回答：

「呃，九點十五分。」

這種反應代表沒興趣。若是平日的我一定會默默離開，但那晚，我已經搭訕過兩人，卻被他們無情地趕開了。

「請問現在幾點？」

我無視他的回答再次發問。

「啊，我不是講了嗎？九點十……」

他說到一半，這才赫然一驚地繃起臉，看來他總算搞清楚狀況了。

他就這樣抿緊雙唇地準備走過去。

「我需要錢。」

我朝那個背影說。是眞的，我的生活費已經快要見底了。

男人吃驚地停下腳步，翻著口袋地走了回來。

他檢查了一下破舊的皮夾，抽出一張五千圓鈔票。

「我也沒多少錢，只能給妳這麼多。」

他遞上鈔票，同時頭一次正眼看我，頓時面露驚愕。大概是因爲我看起來太憔悴吧。雖不到光子的程度，但當時的我明明沒生病，卻一天比一天消瘦。過瘦的身體也不易拉到客人，所以生活眞的很困苦。

「那個，小姐，妳沒事吧？妳的臉色好像……」

男人戰戰兢兢湊近窺視我的臉。

「那個，妳該不會餓壞了吧？」

我沉默不語。

「傷腦筋，怎麼辦——啊，前面不遠的地方有家我常去的餐廳，很便宜，妳要不要去？」

從男人的態度可以看出，他是不假思索脫口而出，說完立刻便後悔了。

但我道了聲謝，跟著男人邁出步子。

實際上我根本沒胃口，只是盤算著吃完後，順利的話或許能拉到這筆生意。我已缺錢到了爲了另外的五千圓，被解體也無妨的地步。

男人似乎很喪氣，但還是邊走邊報上名字，不時轉過頭，確認我是否跟著。

「馬上就到了。」

「就在下個轉角的地方。」

在他不時拋來這些簡短話語的過程中，也恢復了抖擻的步伐。

來到短短的斑馬線，我正要跨步，男人的手臂像平交道的柵欄般地往旁一橫，碰到我的胸部。

「這樣危險。」

原本憑著惰性走路的我，碰到他的手臂，被他稍微往後推，這才看到一輛計程車從眼前駛過。

男人左右確認來車時，仍繼續擋著我以免我衝出去，這才放下手臂柵欄。從來沒有人對我做過這種事。

我越過斑馬線。

「妳看，就在那裡。雖然便宜，還算好吃。」

馬路前方，有一間掛著店名招牌的小店，飄來高湯的氣味。

那時，在我心中，已萌起唯獨不想被這個男人解體的念頭。

該說是條件反射嗎？伴隨溫熱的唾液，忽然湧現早已遺忘許久的空腹感。

隔天，又隔一天，我坐在街頭各種地點凝視走過的人潮時，半夢半醒宛如痲痺的白日夢裡，總會出現那隻試圖擋住我的手臂柵欄。

這樣危險，一個聲音低語。危險——危險——危險——聲音一次又一次響起，一次又一次伸臂擋住我。

手臂柵欄憑著爲我擋開疾駛車輛的那種不經意，也在提醒著危險，試圖將我從其他許多事物拉開，例如周遭來歷不明充滿扭曲的一切，小滿家院子那個想吞食生命的小洞，不由自主被那個洞中黑暗吸引的自己。我做了這樣的夢。

我不時想起什麼似地撕咬指甲根龜裂的皮膚，一邊怔然沉醉於夢境。

過了一星期，拿到的五千圓也花光了。

晚上去公園一看，我看到那個男人坐在入口低矮的石墩上，他一發現我就大步走近。

「太好了，我還以爲妳不會再來這裡了，妳好。」

隔著一公尺左右的距離，我們相對而立。

「呃——」

他抿了抿嘴唇，正在思考下一句話。

過去我從未主動拒絕對方，但是如果這個男人叫我賣身，我一定要拒絕。

他也許是看穿我這個想法了。

「啊，我不是那個意思。」

男人慌忙舉起手在臉前面猛搖。

「我只是想問妳，要不要再去那間餐廳吃飯。我從上次就一直這麼想，因爲妳吃東西看起來特別香，所以我想今後，偶爾一起去吃飯也不錯……」

和上次一樣，我道了聲謝，跟著男人走了。

不只這天，之後每隔數天，男人就會帶我去吃飯。

爲了避免再發生那種事，每次我在斑馬線的地方都小心翼翼地止步。

吃飯或其他時候，男人都很少開口。看他臉上的表情，他彷彿正在豎耳傾聽某種只有他才聽得見的動靜。

除了吃飯，男人不時也想塞給我五千圓，我每次都拒絕了。

「爲什麼？第一次妳不是收下了？」

某次，他語帶氣憤地這麼問。當時我們出了餐廳又走回公園，正要在那裡道別。

「那次是因爲打算做生意才收下。」

「如果不跟妳做生意，妳就不能收？」

「我已經每次都白吃白喝了。」

「那妳平常到底都吃些什麼，怎麼好像一點也沒胖。」

我默然不語。

「那麼，我就跟妳做筆生意吧。我沒有能力付更多錢，所以只能給一張五千圓鈔票。」

我的背上和手臂都起了雞皮疙瘩，這令我自己也嚇了一跳。

「我不能答應。」

「爲什麼？」

「我不能跟你做。」

這麼回答時，我有一股很怪異感覺。

我立刻明白是哪裡怪異了，我從來沒喊過別人「你」，這大概眞的是頭一次。所以我幾乎被說出「你」時那種獨特的感觸呑沒。

若是工作上的客人就喊客人，光子就喊光子，熟人各有他們的名字，其他則是大嬸、醫生、司機先生、媽媽、警察先生——爲何會這樣？雖然我並沒有刻意迴避第二人稱。

好像打開了某種開關。爲了「你」這個稱呼而準備的場所，其實從一開始就在我體內，這時似乎嚴絲密縫地與「你」嵌合了。

唯有這個男人是第二人稱，唯有你是你。

「妳別誤會。我說的生意，不是那種生意。」

你急忙這麼解釋後，才開始說明：

「最近我完全睡不著，正感到傷腦筋。無論是看書或喝酒，只會讓我更清醒，夜裡睡不著的時候，老是會想些難過的事。所以如果不麻煩，能否花一個小時，去我的住處坐在我床邊？如果有人陪伴，我想我多少能睡著。聽起來很像沒出息的小孩，對吧。但是最起碼，我絕不會叫妳說床邊故事給我聽。」

我收下五千圓，和你一同走夜路回到你的住處。我刻意落後半步，我從那裡，觀察著成爲我的「你」的這張側臉。

到了一看，雖比我的住處好一些，但也只是一間陋室。

你打開暖爐，各自喝了一杯甜甜的熱牛奶後，你鑽進被窩，再次說，很像小孩吧？

「我的父母在我念小學時發生意外，瞬間全死了，我很清楚，當時的打擊令我的腦袋某處，就此停留在小學生的階段。」

房間很暖和，坐在床邊，反而是我開始昏昏欲睡。

沉默良久後，你有一搭沒一搭說話的聲音，也漸漸變得低沉含糊。

「妳幾歲？」

我沒想過自己的年紀，雖然我想應該是二十二左右，卻不太有把握，於是報上了西曆的出生年月日。

「那妳比我小五歲。」

「臉……」

你閉著眼，所以我可以隨心所欲地望著那張臉。

「臉？」

你閉著眼反問。

「你的臉看起來很睏。」

「妳能不能按一下我的額頭？」

我依言照做。

「啊啊，舒服多了。人類的手心眞不可思議，好像把痛苦都吸走了。」

我的手心與你的額頭之間，空氣的微粒子微微顫動著。

「以前我感冒請假不上學時，我媽總是這麼做。就算不吃藥，也會立刻退燒。媽媽的手是有魔法的，手……」

輕微的鼾聲響起，然後你又突然清醒。

「啊，妳走的時候，別忘記關掉暖爐。門不用鎖沒關係……今天，謝謝妳。」

後來，我們也會去餐廳一起吃晚餐，必要時，助你入睡。

每晚我會先去公園，確認你來了沒有。

如果沒來，我就換地方，向男人搭訕問對方現在幾點。

沒跟你見面的日子，我依舊在出賣自己，你很清楚這件事。

若有必要也會連著好幾天坐在你的床邊，這段期間我就不能工作，但你每次都會給我五千圓。

即使是你，金主畢竟是金主。

你說，大約每兩個月就會有一次怎麼也睡不著的周期。那段期間的初始是最辛苦的。你會像病人一樣蒼白，眼睛下方青黑，沉默的時間也會變長。

即使在你身旁待上兩三個小時，有時你還是睡不著。這種時候，你會放棄，叫我離開，還向我道歉。

但是通常，在你有一搭沒一搭地談著兒時往事的過程中，聲音會漸漸細不可聞，就算無法一覺到天亮，至少會暫時睡著。

我望著那毫無戒心的睡姿，浮想連翩地想像著害死這個你時的情景。

對於這段邂逅，我只能有這個想法，我只知道「殺人」這種邂逅方式。

我之所以沒有立刻殺死你，那是因爲你是我的金主。因爲過去我也不太殺死給錢的男人。只要你繼續給五千圓，應該就足以成爲我不殺你的理由吧。

我也知道這種論調很可笑。但若針對你這個現象繼續思考，總會湧現無法收拾的不安與混亂。腦中亂糟糟，難以有正常思考。

每當我把手放到額上總是條件反射般闔眼的你，中途卻睜開眼，從被窩裡看著我。

「我一直在思考和妳在一起，爲何心情會這麼平靜。」

這個你擁有顏色不可思議的眼珠。我曾在書上看過所謂的榛果色，或許就是那種顏色吧。

「妳是在贖罪吧？妳是爲了贖某種罪，才當妓女吧？」

這是頭一次從你口中冒出妓女這個字眼。

我將手從你的額頭移開。

「一定是這樣的，我們同樣都是罪人，所以頻率才會特別投合。」

「不是的，我怎麼可能贖罪。」

「不是嗎……」

你自我身上轉開的視線對著天花板，彷彿那裡藏著什麼似地定定凝視著它。

「你一定覺得我有很多地方怪怪的吧？我們這麼多晚共處一室，爲何不想與妳上床，妳不感到奇怪？」

「我從一開始就說不能跟你做了。」

「就算妳這麼說，如果我想還是會跟妳做。」

「因爲我是骯髒的妓女。」

「不對！不是那樣——我可以告訴妳我犯了什麼罪嗎？到目前爲止，我從沒告訴任何人。」

「可以，你想說多少就說多少。」

「我把別人，把小孩——殺死了。」

「我也殺過四、五個人。」

「妳講這種話，是打算安慰我？」

「不，我是說眞的。」

你對我的話置之不理，爲了接下來要說的話，把力氣灌注在眉間。

「我是——性無能。」

吐出這句話後，你用力閉緊雙唇，但立刻又迅速補充。

「因爲我犯的罪，不只是睡覺，我也沒辦法和人發生關係。」

我不知道你是因爲性無能而痛苦，還是因爲犯罪而痛苦，但是我，雖不知是在哪個方面，卻也的確是個無能者，或許因此才會感到彼此契合。

不過，接著你開始說出驚人的故事。

你害死的是個十一歲的男童。

多年前，你爲了幫那個帽子掉進路旁水溝的孩子撿帽子，抬起了沉重的水溝鐵蓋，中途卻撐不住那個重量，讓蓋子砸落在把脖子伸進溝裡的小孩身上。

世上怎會有這種事？

「你說的那個地方在哪裡？」

你回答了，但根本不用問，我很清楚。

全身滲出的汗水形成薄膜緊貼著身體，我的皮膚像青蛙一樣變得黏滑。

那時候我的確被那個命懸一線的男童強烈吸引。至於抬起鐵蓋的男人，比起長相，我記得的是當時他那隆起顫抖的脖子和手臂肌肉。還有，我記得那個男人的捲髮大約到肩膀長度。

「後來怎麼樣了？」

「我因過失致死接受審判，被判緩刑。爲了和解金，我把父母留給我的不動產賣掉，總算湊齊。後來，我變得一文不名，就這樣苟且偷生。」

這個人變成「你」和那件事之間，究竟有無關連？

你第一天之所以給擦身而過的我五千圓，那一定是你的罪惡感作祟。如此說來，若沒有那個罪過，是否也不會有我們的這場相遇？

「每當我閉上眼想睡，腦海就會浮現兩條細細的腿。當我壓在女人身上，拚命想合爲一體的瞬間，也會看見那孩子的腿。穿著藍色球鞋，在地面上，只有一次——猛然用力——突然撐地一踢。」

我理論上很清楚罪惡感是怎麼一回事，但我從未見過實際爲此所苦的人。

「那孩子的妹妹從頭到尾都看見了，聽說他妹妹後來出現很嚴重的恐慌症。不只是他妹妹，他的母親、他的父親，都因爲我，留下終生難以癒合的傷口。而且，當時還有另一個女孩在場。我無暇正眼看她，但她大概是中學生的年紀。她正巧路過還伸出援手，想幫我一起撐起鐵蓋。結果我卻……」

「那個女孩後來怎樣了？」

「等我回過神時，她已經不見了。她肯定也嘗到十分強烈的恐懼。只不過是湊巧路過，卻發生那種可悲的遭遇。說不定，那個女孩子也受到足以令她一蹶不振的打擊。」

某種不知名的熱氣在肺裡癢癢地擴散，幾乎令我無法呼吸。我勉強一吸氣，喉頭便氣喘似地震顫。

依男人的樣子看來，所謂的罪惡感好像激烈得足以令一個人粉身碎骨。

「那個女孩一定沒事。」

「妳怎麼知道？」

「因爲如果是個心志軟弱的女孩，打從一開始，就不會幫忙做那麼危險的事。那個女孩很堅強。」

你浮現驚訝的表情，認眞地打量我。然後鬆開盤在胸前的雙臂，溫柔地把手心貼上我的臉頰。

「謝謝，妳眞善良。」

從那時起，我就莫名其妙地身體不適。什麼也不想做，對任何事都神經過敏，一直處於暈車的狀態。

在那家常去的餐廳也食不下嚥，甚至只是在門口掀開暖簾，食物的氣味就令我噁心反胃。

說我或許已經懷孕的人，是你。

我的生理期很不規律，因此我自己壓根沒想過那回事。

況且工作時，我向來會避孕。因爲客人怕染病希望我這麼做，至於我自己，不管用不用保險套，我都覺得懷孕是本來就與我無關的異次元現象。因爲我這個容器早已經被光子、小滿、你以爲被你害死的那個小男孩、拉麵他們塞滿了。

即便如此還是發生了。

我連是跟哪個男人、爲何會避孕失敗都不清楚，就這樣懷孕了。懷孕，是多麼輕易的事啊。

結果確定後，我也沒去看醫生。

我想寄宿在這種破爛身體的種子，縱使放任不管遲早也會自己流掉，況且不說別的，我也沒那個錢去墮胎。

當我知道你另有打算時，大吃一驚。

「我們結婚吧。結了婚，一起撫養妳肚子裡的小孩。」

你對我這麼說。

那是某晚，我們在房間對坐著喝睡前牛奶時的事。

我當下嗆到了。

「不可能，我不能生小孩。」

「爲什麼？」

「讓我當媽媽，實在太——太奇怪了。如果做這麼奇怪的事，以後一定會發生許多不好的事，我害怕。」

「等這孩子生下來，不管怪不怪，妳都是母親。」

「不會生下來，一定會流產的。」

「妳胡說什麼，沒那種事，這孩子是賜給我們的。只能認爲這是命運了，所以妳跟我一起撫養這個孩子吧。」

彷彿那是什麼特別字眼似的，你愼重其事地說出「命運」二字。

害死一個小孩後，撫養另一個不知生父是誰的小孩，那就是命運，你是這麼想的。命運與赦免有何不同？命運與百合心是一樣的東西嗎？但眞有所謂的命運存在嗎？我的命運就是你嗎？

我陷入在你出現之前從未經歷過的混亂。

我的肚子漸漸大了起來。

我已無法再繼續工作。

辦理結婚登記那天，你給了我一枚鑲著小顆藍寶石，據說是你母親遺物的戒指。

那時，我們已搬到兩房一廳的公寓開始同住，你也利用你擁有的執照，在一家正派公司找到工作。你也斷然捨棄過去不規律的打工生活。

寶寶在一個下雨天的早上出生。

手機響了。

來電顯示是公用電話，結果是弟弟打來的。

「怎麼了，你從哪兒打來的？」

也許是因為突然被拉回現實，我忍不住語帶責備。

「你凶什麼？我才想問你是怎麼了？幹嘛用那種被掐住脖子的聲音鬼叫？」

「你為什麼打公用電話？」

「我是在外婆這裡打的。這裡有很多人裝心律調節器，所以嚴禁使用手機。」

「爸呢？」

「別提了，他看似乎哪裡不太舒服，剛才先走了。他說玄關門口應該有計程車，他要去那邊坐車。他不會有事吧？我看他臉色蒼白，好像想吐。」

我想起幾小時前從咖啡店窗口看見父親那儼然重病病人的模樣，但此刻我甚至無暇顧慮他的身體了。

「剛才是多久以前？」

我惱怒地任由手裡的筆記本顫抖，一邊質問弟弟。

「大概十分鐘前吧。」

「你為什麼沒有立刻通知我？」

「我也沒辦法呀，爸交棒給我，我得照顧外婆。晚餐吃到一半，我總不可能丟下外婆跑去打電話吧。就算不那樣，她不肯好好吃東西本來就已夠麻煩了。」

「知道了，我掛了。」

「你那邊呢？可以全部看完嗎？聽起來，好像寫了什麼出人意表的大秘密，是吧。」弟弟瞧不起人似地笑了，「你要發飆是你的事，但你可別忘了約定。八點在上次那家牛排館。」

時間已過了六點。

父親若是十分鐘前搭計程車離開安養院，想必再過二十分鐘就會回來。為求保險我最好在十分鐘後就離開家。

至少把握這十分鐘多看一點吧，我繼續往下看，但我其實坐立難安根本看不進去。彷彿被逼進了死胡同。為了看下文，下個星期天只能再重施故技嗎？我實在等不了那麼久。

我正在看的是第三本筆記本，已經快看完了。短暫的躊躇後，我決定把第三本筆記帶走。

我不知道接下來的一週之內，父親是否會查看筆記本在何處，但即使他那樣做了，我想他應該也不至於從牛皮紙袋一本一本取出來檢查。或者該說我只能這麼祈禱。

把第三本以外的筆記收回牛皮紙袋前，我拿起尚未閱讀的第四本，隨手翻了一下。只有前面三分之一寫了字，後面都是白紙。在誘惑的驅使下，我快速瀏覽了手記的結尾部分。

行與行之間空了很大塊，筆跡也很亂。

你不能讓我活下去。

唯有被你殺死是我的救贖。

因爲你是我的你——

請你永遠不要忘記這件事。

即使如此，如果當日你說這是命運時的那種魔法再現，我還能活著再被你擁抱，那麼我想再生一次孩子。

代替這個將被害死的孩子，這一次，我想生下你眞正的孩子。

我這麼想。

到此結束。

我無暇多想，立刻把三本筆記本一起放進牛皮紙袋，塞回紙箱，關上壁櫥拉門。確認自己沒有留下任何痕跡後，我走出書房。與來時一樣目不斜視地回到玄關，穿上鞋子。

8

為了避免與父親坐的計程車碰上，我繞巷子裡的遠路去車站。走進之前監視父親的站前咖啡店，往椅背一靠，緊張的神經繃斷，腦袋瞬間陷入空白狀態。

我向點單的女孩要了咖啡後，不關己事地暗忖此刻毛毛頭差不多也該準備打烊了。明知應該打個電話回店裡比較好，就是提不起勁，只是無所事事地環視擁擠的店內。

我試著在腦中反芻在書房匆匆瀏覽的最後幾行。

「被你殺死」、「這個將被害死的孩子」這些字眼，看似單純卻又令人一頭霧水。手記作者，是在什麼原因下預測會「被你殺死」，還有「這個將被害死的孩子」，是否就是文中在下雨天早上出生的那個寶寶也不得而知。

第三本筆記早已看完大半了，卻還是看不出事件全貌的所以然。

只是，手記作者稱為「你」的這個男人就是父親，顯然沒錯了。

若要舉出根據，比方說，文中提及**你**在小學生時父母意外雙亡，這點的確是父親的身世。父親在小學二年級時因為一場大規模的空難事件失去雙親，後來被未婚的阿姨撫養。

還有，文中也提到**你**憑著擁有的執照找到工作，父親擁有好幾種會計方面的執照，這點也符合。

但是，即便沒有寫出如此瑣碎的雷同點，我恐怕還是會認為**你**就是父親吧。打算把父不詳的嬰兒當成自己的孩子撫養長大的**你**，和那個長年以來一直以晦暗目光凝視受虐兒童的照片，宛如他們的不幸都是自己造成的父親，極為自然地疊合成一個人。

問題在於手記作者。

是現在的母親，還是以前的母親？照理說只可能是兩個母親其中之一，我卻不知究竟是哪個。

作者提及與**你**相差五歲的部分，確實無誤。現在的母親的確比父親小五歲。但之前的母親與現在的母親如果湊巧同齡，那種事根本不能當作證據。

結尾隱約暗示的作者之死，已在現實中發生了嗎？亦或人活得好好的，之後在某一天，產下了父親**你**真正的孩子？

左思右想也只是徒然令時間流逝。

當我想翻開筆記本時，這才發覺叫的咖啡已擺在桌邊。我喝了一口早已冷掉的咖啡，開始閱讀下文。

寶寶是在下雨天的早上出生的。

性無能的父親與做妓女的母親之間，終究生下了這孩子。

對於出生的是男孩，你肯定更加強烈地感受到命運安排。望著戰戰兢兢想抱起嬰兒的你，我對自身出現的異常，仍茫然自失。

生產，是比過去我從經歷的任何解體，都更符合解體這個名詞的過程。爲了讓嬰兒出來，我的身體簡直像被撕成兩半。不過那個過程也已結束了，好像總算恢復爲原來的我。

「這麼小啊。」

你只說了這句，便一直痴痴看著嬰兒，嘴角兩端漂著微笑。

從窗口可以看見雨勢驚人，卻聽不見聲音。

我漸漸陷入昏睡，同時也湧出一種奇特的安心感，彷彿你不是對著嬰兒，是而對著我微笑。

孩子一旦從肚子裡出來就像附身妖魔離開，甚至之前在我體內的光子及小滿等人也好像全都離開了，令我好一陣子都感到很空虛。

我心想原來只要變成空殼子，便可這樣輕鬆呼吸啊。

妓女這一行固然也還可以，但當母親顯然更輕鬆，很適合我。

每天除了等你下班回來，並沒有其他非得要做的事，白天我一直在觀察嬰兒，我過去不曾如此熱心地觀察過什麼。我想看清楚這個自我體內出來的東西，不是我嗎？是我的一部分嗎？

只要發現什麼變化，晚上你下班回來，我就會向你報告。

比方說一把嬰兒放進澡盆就會噘嘴，或者踢毯子，已露出小小的牙尖等等。

我喜歡看你聽這些事情時的表情。

吃飯時，你會先喝一口啤酒，然後說路旁的銀杏樹已經葉子掉光了，冬天到了之類的事。

那種時候的臉，還有晚上在被窩裡睜開眼低喃，「啊，下雨了。」的那種表情，雖然帶著落寞，但我很喜歡。

從你嘴裡說出銀杏和冬天和下雨這些字眼，讓我覺得好像稍微懂得了一些，我所不知道的眞正的銀杏與冬天與下雨的模樣。

你和我躺在一張床上，盡量不碰到對方身體地睡覺，但有時醒來才發現手腳已自然交纏在一起。

寶寶睡在同一個房間的嬰兒床裡，雖然整晚不時扭動、呻吟、哭泣，但不知不覺中，你爲失眠所苦的問題已不藥而癒。

至於那是否是因爲罪惡感已解除就不得而知了。

你本來就沒必要有罪惡感。害死那個小男孩的是我。陷害你，讓你懷抱著錯誤的罪惡感的元兇就是我。

你因爲我一手導演的罪惡感，拿錢給我，帶我去吃飯，甚至跟我結婚、一同生活。既然是成立在錯誤的罪惡感上，那麼這種生活全部都是錯誤的。

我雖然覺得必須要做點什麼，但只要一開始理性思考那些事，便腦袋混亂。

因爲無法思考，所以就不去思考了。

嗚——啊、嗯麻嗯麻，孩子開始牙牙學語，在屋裡爬來爬去。

你不斷買新玩具回來。

某晚，孩子拿到繪有圖案的小小鈴鼓非常喜歡，什麼都想敲一敲，屋裡到處傳來熱鬧的聲音。

看到孩子最後敲自己的臉，你哈哈大笑。

「這小傢伙，眞是百看不厭。」

孩子敲多了終於感到疼痛，咧開大嘴哭泣，你立刻抱起孩子，有節奏地甩動鈴鼓。

「好，跟爸爸一起唱歌。來，嗚——啊，嗚——啊，嗚哇哇哇——」

明明正在吃飯，你卻抱著孩子走來走去。一邊不停上下搖晃那小小的身體，不時親吻孩子的額頭，於是我的額頭也跟著發癢。

當你把哄開心的孩子放在膝上回到餐桌時，你已氣喘吁吁。

你用湯匙舀起自己盤中的魚肉想餵孩子，早已吃飽的嬰兒卻猛然把臉往旁邊一扭。

當你只好自己吃掉時，嬰兒卻像故意似地撞你的手肘，湯匙裡的魚肉頓時全灑在你的鼻子周圍。

「嗚！啊——臭小子——」

嬰兒咯咯笑。大概是也噴進眼中，只見你一邊頻頻眨眼，一邊也忍俊不禁。

我急忙把面紙盒遞給你。

「這小子，有、有一套。」你順便替嬰兒擦去口水，「啊——眞開心。」你低語。然後你突然停下手，用那榛果色、不可思議的眼睛凝視我。

我想我大概像傻瓜一樣地發呆著。

因爲我突然理解，從剛才就一直感到的，這種宛如心臟圓鼓鼓膨脹的快感，原來就是開心啊。膨脹，雀躍，像氣球一樣幾乎要飛起的感覺中，也混雜著少許是否會膨脹過度隨之炸裂的不安。我當然知道開心這個字眼，但我從未感到開心。屋內的東西好似全都帶著光環，彷彿是此刻才出現的。開心，好像和百合心有點相似。

我也忘不了小山螞蝗。

那是在你推著嬰兒車，我們一起去稍遠的神社散步時發生的事。

繞行神社境內小徑一圈後，回程我忽然發現，穿的毛衣上沾了很多褐色乾癟的三角形顆粒。

「是小山螞蝗的種子，糟糕，這玩意相當難纏。」

你說著，開始拔下自己手臂上密密麻麻的種子。

我也邊拔著遍及裙子的種子看了四週，沉睡在嬰兒車裡的孩子頭髮上也沾了幾顆。

我替孩子摘掉，也摘下自己身上的，但怎麼摘也摘不完。

「看吧，挺費事的。」

你突然舉起手從我肩膀後面摘下種子。清理完肩膀換背部，再從背部到頭髮、側腰。你沒發現我渾身僵硬，只是一直說，妳看這裡也有，這裡也有。

從你碰觸我的那隻手袖口，我也拔下一顆。種子與法蘭絨襯衫纖細的纖維纏在一起並不好拔。拔著拔著我也卯起性子，從你身上摘除一顆又一顆的種子。

我們沾上了無數顆種子。

我們駐足大半天只顧著拔除種子，漸漸融合爲一，我的手變成你的手，你的身體變成我的身體。

摘下最後一顆再次邁步時，你說，「明年秋天，這條路的這個地方會開遍小山螞蝗，到時八成又會沾上許多種子。」

一年後的晚上，你在被窩裡擁抱我。

我彷彿變成了小孩，因爲我自己便常這樣擁緊孩子默默不動。

我在你的體溫中閉上眼，有股被手臂柵欄牢牢保護的安心。所以我很想永遠就這麼待著，可是過了一會兒，你慢慢解開我胸前的鈕扣，低聲說，已經沒事了。

我不知道所謂的沒事，是否就是指性無能。你不可能中意我的身體，所以我想，性無能應該不會治好吧。

你在發抖，也許是我在發抖。

我很害怕。明知即將發生的事，與我熟知的解體完全不同，卻還是害怕，正因如此才害怕。

還沒有碰觸到，你的手與我的皮膚之間已有奇妙的吸引力交錯。手與皮膚似乎在互相呼應。

你的手先碰到了我的胸口。一觸及胸口，全身上下沒被你碰觸的地方，頓時呼喚起你來觸摸。那呼喚聲令我感動不已，恐懼早已被沖淡。

脫下身上的衣物時，我的全身都是小山螞蝗的細小種子。刺刺癢癢刺激肌膚的無數種子，等待著被你的手指剝除。剝了又剝，新的種子還是源源不絕地繼續產生。不被你碰觸就不會發生這種事，你必須不斷地將我剝了又剝。

我漸漸失去力氣，無法阻止身體打開。不知不覺中我變成光子，向你伸出手臂。我把能給的全都獻給你。來，割開我吧。我求你，來吧，來吧。

我的心願立刻實現了。你的溫柔毫不留情，我被深深割開，身體自身體噴出，彷彿就這樣死得徹底。越是死得徹底，越有種純粹的生命力燃起；越是熊熊燃起，越是融合爲一。

啊啊，這是何等開心，若是光子也能嘗到此種滋味該有多好。

即使祈求凍結在永恒的瞬間之中，時間終究再次啓動，我睜開雙眼。

能這樣回來你的懷中，眞是不可思議，明明光子已那般逝去了。

「別哭。」

你說。

我沒有哭，可是一摸臉頰卻是濕的，我這才感到奇怪。

「等那小子再大一點，就替他生個弟弟或妹妹吧，他一定會很高興，對吧？」

我們都沒提剛才發生的事。

我不知該如何讓你明白，你已比過去更變成「你」了。

身體處處仍有微微的顫抖忽隱忽現。

你自齒間吐出一口長氣，過了一會兒，就這麼抱著我睡著了。

你堅決主張，應該去見我的父母。

登記結婚時你也講過同樣的話，但我實在提不起那個勁。

「我不知道妳與妳父母之間發生過什麼問題，但只要好好說明，他們一定會諒解的。」

「其實沒什麼。」

「那妳爲何不肯？我還猜想妳在家裡是否也遭遇過什麼不幸。」

在這之前，你從來沒問過我的過去。

「我只是不想見他們。」

「所以我才問妳爲何不想見。」

被這麼一問，我也不清楚是爲什麼了。

只不過是在找到工作後便離開家，搬了兩次家卻沒通知家裡住址罷了。

遠離父母與妹妹以及其他和家人有關的一切會讓我更有安全感。

我壓根沒考慮過他們是否擔心。

某個星期天，我被你說服，帶著一歲的孩子一家三口回娘家。在門口迎接的父親與母親默默無語地盯著我和你還有孩子，發愣的母親眼裡不停落下淚珠。

我暗自後悔果然不該來這一趟，爲了避免被母親抱住，我渾身僵硬地躲在你的身後。

據說妹妹在工作場所附近租了房子，所以不用打照面。

「妳能夠遇上好對象，而且還有了孩子，眞是太好了。我一眼便能看出，這孩子過得很幸福。簡直就像在做夢，你說是吧？孩子的爸。」

「嗯……是啊……眞是，太驚人了。」

「謝謝，沒想到能聽到兩位這麼說。今天，我是抱著接受任何責罵的準備來拜訪的。」

母親把孩子拉到身邊，愛不釋手。

我暗忖如果她知道這是個父不詳的孩子，是否還會有同樣的舉動。

不知不覺，大家已圍著外賣的壽司喝起啤酒，也許是孩子在大人之間做了緩衝，以前在這種場面下，必然會感到那種空氣如銼刀的異樣感，這次我倒是沒什麼感覺。

「妳看不是沒事嗎？他們都是脾氣很好的人。」

你在回程的電車上說，不勝懷念地綻放笑容。

我想你一定是想起我父親說的話。

「不只是外孫，還多了一個兒子。妳說是吧？咱們家向來陰盛陽衰。」

父親一邊讓你替他倒啤酒，一邊這麼說，這句話令自幼喪親的你心頭一暖。

那日之後，你不時想去探望我父親，第二次時，也見到被叫回來的妹妹與她的未婚夫。不過打從少女時代便很多情的妹妹，最後還是與那個看似老實溫文的男人分手，後來立刻帶回的新未婚夫也在數個月之後分手，令母親很擔心。

我每次回娘家，總是會想在場的這些人是你的家人，我只是陪你來的。這樣我才會比較輕鬆，才能保持自然的表情。

實際上，你與我父母及妹妹等人熱鬧共餐時，彷彿是打從出生就一直這麼過日子似地和樂融融，不管怎麼看都像是眞正的一家人。

看你開心，我也不知不覺微笑了，看到大家搶著想照顧孩子，或者替我倒啤酒，也不再覺得那麼反感。

隨著喝到太晚只好留下過夜的情形一再重演，每月兩次，在週六回娘家住一晚成了習慣。

就這樣過了數年。

然後開始崩壞。

第三本筆記到此結束，幾乎沒留空白，一直寫到最後一頁。

一口氣讀完令我有種直接被甩上半空之感。我將雙肘撐在合起的筆記本上，苦惱地猛抓頭髮。

然後不管咖啡已冷透浮現條紋狀的奶花，我一口灌下剩餘的咖啡。

閱讀期間懷疑這個孩子就是我自己的念頭，不斷閃過腦海。有殺人癖的女人是親生母親，買那個女人的路過男子是親生父親——這麼一想，身體便似乎起了密密麻麻的雞皮疙瘩。

我並沒有證據，只是根據文章的走向如此判斷。說不定我猜錯了，實際上，正如我之前匆匆瀏覽的最後那段所暗示的，這孩子早已被人不知用什麼方法給消滅了也不一定。

撇開那個不談，讀到這裡我已經更加強烈地相信**你**便是父親。

手記作者的父母與**你**的親密，正如同父親與外公外婆的實際關係。幼年失去雙親的父親，與身為母親雙親的外公外婆，建立了超乎血緣之上的深厚關係。我雖對前橋的外公家毫無印象，但手記作者的娘家，一定就是那裡。

不管怎樣，我實在無法忍受接下來一整個星期都看不到下文。我動著腦筋思索能否在週末之前就設法潛入書房，卻想不出好主意。就算要找藉口把父親騙出門，也得有弟弟的協助。

這時，我這才霍然想起地連忙看手表，與弟弟的約定時間恐怕會遲到很久，我大吃一驚。

我慌忙把筆記本塞進包裡，離開咖啡店。

不知不覺，外面已是夜色降臨。

我衝下轉乘站的電扶梯，勉強從正欲關閉的門縫擠進開往京都的電車時，是在距離約定的八點還有十五分鐘前。

我傳簡訊告訴弟弟大約會遲到二十分鐘。

我抓著電車的吊環，望著燈火璀璨的夜景，手記的內容再次不斷湧現腦海。

我無法條理分明地進行推理，只是一再繞著手記作者究竟是哪個母親？這個已反覆想過幾百次的疑問周圍打轉。

作者提到有妹妹，但現在的母親是獨生女。若就這點來判斷，這表示作者至少不是現在的母親。

可是我還是無法釋然，是因為害怕承認之前的母親殺了人、生下我，正如那本手記所寫嗎？

車內相當擁擠。起勁聊著八卦的主婦群，嘴巴周圍黏糊糊地正在舔棒棒糖的小女童，彼此還很生澀彆扭的年輕情侶，每個人都有種在距我千里之外的異空間喧鬧的稀薄感。

腦中不知是究竟是哪一人的那個母親，與我的父親**你**之間奇妙安寧的生活情景，猶如老電影的畫面翩然浮現。雖然安靜卻充斥著激烈時間的歲月，彷彿每次四目相對便有種種情緒緩緩升起——

不知不覺中，我發現自己正無意識地將他們的那段歲月，與千繪和我的記憶重疊，不由得心生異樣。互相摘下小山螞蝗的種子，一邊發抖一邊初次歡愛，手記寫的種種，彷彿全都是自己與千繪之間發生過的事令我心頭一緊。為何會那樣想？連我自己都目瞪口呆。

（就那樣過了數年。）

（然後開始崩壞。）

第三本筆記的最後兩行。

手記作者與**你**的生活，究竟是如何土崩瓦解的？

是因為他們的歲月和我們的歲月，都建立在遲早會崩壞的命運之上，正因如此才會如此純粹地幸福嗎？

9

明明已傳簡訊通知會遲到，洋平還是生氣了。

在與前天一樣「勉強算是家庭餐廳水準」的店裡，吃完他自己盤子的肉，和我那份肉的一半，以及黑色無花果派後，總算打著飽嗝露出笑臉摸摸肚子。

「哎——人哪，填飽肚子就不會不高興了。」

也許是喝了酒，我的心情也有點放鬆。

我不想喝得更醉，於是叫了兩杯咖啡，把偷拿出來的筆記交給洋平。

弟弟左翻翻右翻翻地看了一會後，

「果然還是小說吧？」他把本子還給我。

他反駁得太乾脆，簡直令我錯愕。

「我說你啊，至少看在我的面子上，好歹也該稍微看得認真一點吧。」

「拜託，我當然看了。簡而言之，就是妓女的戀愛故事嘛。」

「那麼，你倒是拿出這是小說的證據來，拿出證據來呀。」

「我哪有什麼證據？只要看了就知道了。」

「看了就知道？你剛剛分明只是隨便瞄幾眼。我可是老實看完三本，而且連第四本的結局都先看過了。我是根據這些，才判斷裡面寫的是事實。」

「噢？那個結局，是怎麼寫的？」

我背誦出那一段，但洋平似乎沒有特別的興趣。

「我在想，其實你也一樣。如果在這種餐廳，而且是飽餐牛排之後有點微醺的狀態下看這本手記，恐怕也不會覺得那是事實吧。」

我想反駁，但洋平卻阻止我叫我先別急，繼續往下說他的。這小子真是動不動就惹人生氣。

「話說回來，實際上究竟是怎麼一回事呢？在無人的家中，難得打開的壁櫥拉門居然開了一條縫。光是這樣已是恐怖電影常見的情節了，再加上壁櫥裡的紙箱中，還塞了很多以前的舊東西，以及可疑的女用皮包，甚至一束頭髮，又從最底下翻出了筆記本。若在這種狀況下看內容，就算是我，搞不好也會認定這是道道地地的殺人魔的犯罪告白。」

好像的確有他的道理，但我也不可能乖乖退讓地承認他說的都對。

「你到底想說什麼？如果會因閱讀時的狀況不同而有不同判斷，那麼豈不是到頭來根本無法判斷哪個才是正確的？」

「所以嘍，我的意思是在異常狀況下所做的判斷，通常都不是正確的。」

這並非講道理便可應付的問題，可是我又不知該如何回答。見我沉默以對，弟弟漸漸火大了。

「幹嘛，你也犯不著擺出那種臉色吧。嘖，真是沒辦法。本來好好的氣氛都沒興致了。那好吧，我知道了。如果這本筆記寫的全都是真的——在這樣的假定下，從現在起我會認真配合你。這樣總行了吧？」

明明是弟弟卻再次擺出兄長嘴臉的洋平，一再朝我點頭。

既然今後也得靠洋平幫忙，我只好也先忍下這口氣，把三本筆記的內容盡可能詳細地告訴他。

來問我們咖啡是否需要續杯的店員的眼神其實像是在責怪我們賴著不走，但我不管，決定堅持到底。

「嗯——」

聽完之後，洋平摩挲著下顎，明明沒鬍子卻頻頻做出拔鬍子的動作。

「到了這個節骨眼，小亮你那個母親調包的假說，姑且也先假定真實發生過。」

「好。」

「然後，為了與媽區別，你住院之前的那個母親就暫時稱為母親X。免得我們討論時分不清。」

我點頭。洋平說得爽快，但我總覺得弟弟哀悼亡母的心情，因為我提出這種問題而受傷，內心不免感到抱歉。

「然後，根據你的說明，你認為手記作者是媽或母親X，**你**是爸爸，這兩點幾乎已可確定。」

「是的。」

「那麼，假定這兩者也是事實。」

「怎麼什麼都是假定？」

「沒辦法呀，不這樣就無法往下說。」

「好吧、好吧。」

「以這些假定為前提，你目前想知道的是，究竟是哪個母親寫了手記？出生的小孩是否就是你自己？大體而言，就是這兩點吧。」

「對，可以這麼說。」

「我再跟你確認一次，兩人相遇時，作者二十二歲，這點並非完全正確吧。」

「是的。對自己的年齡不太確定的作者，回答的是西曆的出生年月日。」

「嗯，不過我自己也常常忽然有點懷疑，一瞬間搞不清楚自己幾歲。然後，作者與**你**相差五歲。」

「文中的**你**是這麼說的，所以這點應該不會錯。」

「相差五歲，這點倒是與現實中的爸媽吻合。的確，我記得媽是二十四歲結婚，半年後生了你。」

「對，典型的先有後婚。」

弟弟再次摩挲下顎，沉思半晌。

然後他慢條斯理地開口，

「呃——寫手記的我想應該是媽吧。」

「你、你怎麼突然這麼說？」

「這當然是我根據你提供的情報，檢討後得出的結果。」

「什麼檢討？」

「你想想看，爸與媽辦理結婚登記是在他二十九歲時，這在戶籍謄本上就有，我們也都知道。另一方面，在那本手記中，也提到爸他們辦理了結婚登記，對吧。如果寫手記的是母親X，就等於爸在短短兩三年內，與母親X和媽，二度辦理結婚登記。而且兩者都是先有後婚。雖然這點在沒有詳細調查搬家前的謄本之前無法斷言，但那種情況實在有點難以想像。」

「嗯——」

「所以手記提到的八成是唯一一次的結婚登記，如此說來，實際上與爸正式結婚的是媽，所以媽就是手記的作者。相遇那年二十二歲的說法是錯誤的，應該是二十四歲，或者在二十四歲的前夕相遇，辦理登記時已滿二十四歲。」

這麼單純的事我竟然沒想到。儘管洋平已經重考一年，留級一年，今後能否順利畢業也是疑問，但畢竟他念的是工學部，不愧是理科頭腦。

「若照這個推論，當然是判斷那個小孩就是你最自然，不過最好也去查舊戶籍確認一下。萬一除了小亮之外還有另一個小孩，哪怕是死了，應該也有出生記錄。」

身為兄長，我只能沉默以對，洋平略微斜眼瞄我，腦袋一歪。

「不過，若是媽寫的，有妹妹這點就不符合了。因為她是獨生女。」

眼見洋平吃癟，不知何故，我倒是起死回生了。

「就、就是嘛，你看吧，這件事沒那麼簡單。基本上若如你所言，作者真是媽，那又要怎麼解釋母親調包的事。」

「啊——那個啊。」

他那種極端慵懶的口吻，再次惹火了我。

「哎，我倒是有個可能性相當高的假設啦。」

「你說說看，是什麼假設。」

「這純粹是假設，你聽了可別找麻煩喔。」

「別賣關子了，快說！」

「你想想看，既然你堅持被調包，那只能說在你住院前母親X就是母親，不過只有一段時期。換言之，有兩次調包。你住院前的幾個月或頂多一年，母親X與媽調包成了母親。你當時太小，所以不記得第一次調包。」

「等一下，喂，那你的意思是說媽寫了手記。之後在我四歲前的那幾個月，媽消失了，母親X出現，與爸和我一同生活，然後我入院。等我出院時，母親X消失，媽又回來了。」

「對對對，你還是理解了嘛。」

「只跟我們生活了短短數月的母親X，究竟是什麼人？」

「當然是爸的情婦呀。你忘啦，手記不是提到『就那樣過了數年。然後開始崩壞。』嗎？情婦的出現毀了一切。從你跳著讀的那個結尾部分，不也可以想像尋死尋活的那種悲情場面嗎？傷心的媽只留下手記一個人走了。」

「是──這樣嗎？」

「可是之後你生病了，發生種種波折，最後爸與情婦也分手了，又和本已離家的媽破鏡重圓。哎，這是常有的情況嘛。」

我卯起來拚命找洋平這個假設的破綻。被他解釋得太完美，反而有種不真實的感覺。

「那麼，那個像遺髮的玩意又是什麼？」

「應該是媽年輕時的頭髮吧。一定是她離家時和筆記本一起留在爸手邊。說不定，媽本來打算尋死。筆記最後不是寫了什麼你不能讓我繼續活著、要被你殺死之類的話嗎？換言之，那些話的意思也就是說，我雖是自尋短見，但也等於是被你殺死。」

的確合情合理，簡直合理得過分了。

「媽抱著枕頭看我睡覺的那件事呢？」

「雖說只是短暫時光，但媽還是無法原諒你曾與狐狸精那麼親近。你出院見到媽時，一定曾脫口冒出這不是媽媽之類的話吧？」

「可是她抱著枕頭看我是十年之後的事了。」

「媽平時當然也早已忘了，但是偶爾發作，對爸和你的嫉妒也會捲土重來。她越疼愛你就越會火上加油，恨意增長百倍。她本來就是殺人兇手，所以一時壓不下衝動，索性把這孩子也送上西天——」

弟弟從過長的瀏海底下，用那種彷彿在觀賞水槽中的活化石腔棘魚的眼神看著我。

「這樣你也無動於衷嗎？洋平。自己的母親是個殺害多人的兇手，你能接受嗎？」

洋平咯咯笑著。露出了犬牙，他雖然還年輕，眼底下卻已擠出笑紋。

「拜託，所以我不是強調過是假設嗎？是假設。而且那個假設成立的前提是每一樁都脫離現實的假定。不過，怎麼樣？這個假設網羅了你提供的前提，又沒有破綻，而且還說明得挺寫實的吧？嗯，連我自己都覺得相當高明。」

「媽有妹妹這點是個重大矛盾。」

見他得意，我故意潑冷水，但洋平毫不氣餒。

「可是媽說不定，真的有妹妹喔。」

「真的嗎？」

「手記提到妹妹有未婚夫，對吧？」

「而且不只一個，是好幾個，還說妹妹本就多情。」

「那麼說不定是闖下什麼有辱家風的大禍，在媽與爸結婚前就被趕出家門了。」

「這個反正也是假設，對吧？」

「好歹還是有點根據的。」

「怎麼說，你這是什麼意思？」

「嗯，哎呀就是外婆啦。」

「啊，對了，外婆今天怎麼樣？」

與弟弟碰面時本該先問這個，結果我居然忘了這回事。枉費外婆還健康時，那麼疼愛我，我對薄情自私的自己深感可恥。

「好像又瘦了一點。不過比想像中有精神。晚餐也算肯吃了。」

「辛苦你了，近日之內我也會去探望她老人家。」

「嗯，我也會再去。趁現在，能去的時候就多去才是。對了，關於剛才的話題，你沒聽說嗎？外婆會喊媽奇怪的名字。」

我一下子不明白洋平在說什麼，但立刻想起大概是一年前的事。

「被你一說我才想起來，以前跟媽一起去探望她時，的確有過那種事。嗯——好像是喊英實子吧。外婆一直嚷著英實子來了嗎？英實子來了嗎？甚至還哭了。」

「對對對，我去的時候也是。媽當時表情很困窘，好聲好氣地告訴外婆說，媽，是我呀，我是美紗子。可是外婆卻哭著緊抓住媽的手不放，猛喊英實子、英實子。類似的情形，發生過好幾次。」

「那，你的意思是，換言之——」

「對，英實子說不定就是媽那個妹妹的名字。」

這個可能性極高，外婆始終分不清洋平與我。

弟弟的著眼點再次令我咋舌驚嘆，但這時我也忽然靈光一閃。

「——你剛才講到爸的情婦，那個母親X，該不會就是媽的妹妹吧？」

「拜、拜託你眼神別那麼恐怖。我再說一次，那是假設，一切純屬假設，別忘記這點。作為假設，那當然也有充分的可能性。不如說可能性說不定還相當高呢。」

10

隔天星期一是個晴朗的好天氣。

這種日子的野外區往往處於狗口密度過高的狀態，因此我也盡可能努力專心工作。

不過，想到離下個週日還有那麼久，煩躁難免節節升高，甚至很想隨手把在附近打轉的小狗抓來咬一口。

唯一值得慶幸的是，明天洋平會去前橋市公所替我把全家的除籍謄本文件拿回來。手記提到的孩子、作者的妹妹、父親的離婚經歷（雖然我實在不敢相信），要擊潰這些疑問就非得確認除籍謄本不可。若以郵政辦理手續得耗費太多天，在週日續讀手記之前或許來不及，我迫切希望能在那之前拿到。

幸好愛湊熱鬧的洋平二話不說便攬下這樁差事。雖然包括新幹線的交通費、犒賞弟弟的費用以及手續費是一筆不小的開銷，但這時也顧不得那些了。

我就這麼左思右想，往往驀然回神才發現早已停下手邊的工作，我暗自捏把冷汗擔心會被眼尖的細谷小姐怪罪。

而且就在生意還算清閒的上午，細谷小姐還湊到我身邊，說她打烊之後有話想說。

我有不妙的預感。她該不會是想辭職吧。薪水少，還把討厭麻煩的事全都推給她，她若要辭職還真是理所當然。

我和那智他們的其他員工當然也沒偷懶，但無論是丟垃圾或掃廁所，等我想到時細谷小姐早已俐落地幫我做好，最近那更是似乎已成理所當然。

大約半年前，店前被人丟棄了一隻受傷的中型犬時也是，那一定是被車子撞的。躺在紙箱內的狗前腳自根部斷裂，頭破血流，不過還有一口氣在。

我陷入慌亂，女工讀生嚇得幾乎貧血當場蹲地不起。那智湊巧不當班，不過他就算在恐怕也派不上用場吧，我想。然而細谷小姐默默抱起染血的箱子，放到店裡的車上地把狗載走了。當時我明明也可以攔下她換我自己去，結果我卻只是愣在原地呆呆看著。

等她回來我去道歉，細谷小姐一邊洗手一邊說，「沒事。」說著露出一如既往的微笑。我沒問她是怎麼處理的，但身為店長、身為男人，窩囊的自己令我深感可恥。

總之，她如果現在辭職，這間店就完了，這點千真萬確。

下午很漫長。野外區固然混雜，店內也幾乎客滿，穿梭在各桌之間還得小心別踩到橫放在地板上的多條尾巴實在很吃力。

就在這種什麼時候不好挑偏偏是細谷小姐可能表明去意的日子，那智那小子居然還讓她幫忙清洗被狗吐得一塌糊塗的圍裙。

我發現後，立刻把那智叫到一旁小聲責罵。我說，「自己的東西自己洗，你太厚臉皮太依賴人家了，萬一細谷小姐不幹了，看你要怎麼辦！」

然而，那智卻不當回事地反駁。

「她不會辭職的啦，絕對不會。」

「你憑什麼說得那麼篤定？」

「因為細谷小姐喜歡店長呀。」

「啥？」

「你忘啦，被庫丘撲倒的那次，她不是趁亂在你臉上親了一下嗎？她那個人，還挺有一手的。」

突然聽到這種奇怪的話，我不禁想起那時扶細谷小姐起來時，她那敞露的胸口及瞬間觸及臉頰的嘴唇觸感。

「就跟你說那是意外——」

「不，是故意的。」

那智說得斬釘截鐵，以叫人稍息的姿勢環抱雙臂。在旁人看來簡直分不清究竟是誰在挨罵。哭笑不得的我想不出該如何回嘴，只是慢半拍地仔細打量眼前這張臉孔。

這麼一看，我才發現那智像貓。塊頭雖大卻有尖細的下巴，眉毛也很淡，眼尾吊起的大眼睛異樣美麗。或許是因為那雙眼睛，或許是因為常被誤認為店長，他比細谷小姐和我更受客人歡迎。換言之，他對店內生意頗有貢獻。和細谷小姐一樣，他顯然也是毛頭不可或缺的人才，如此說來，存在感最薄弱、最不中用的人，說不定竟是我自己。

就在我忍不住要開始自虐地思考時，

「好好好，咱們來了喲。」

細弱的聲音響起，只見銀髮老太太搖搖擺擺地緩步而來。一手拄杖，一手抱著宛如沒做好的包袱袋似的黑巴哥犬。是克拉奇。

我一如往常不勝佩服地望著那智飛也似地迎上前，帶位子、接過手杖，站在一旁地替人家拉椅子，甚至輕輕替老太太按摩肩膀。這小子的架勢連紅牌牛郎都得甘拜下風，卻一點也不討人厭。老太太之所以帶著連路都走不動的克拉奇，聲稱「只要讓牠看看其他的小狗牠就很高興了。」不到三天就上門一次，根本是衝著那智來的。

跪在地上的那智戳戳牠的鼻尖，克拉奇眼珠子滴溜一轉看著他。然後伸出長得意外的紅舌，舔了一下被戳的鼻頭，看樣子牠除了飼主以外別人的手指完全沒興趣咬。

眼見那智失望，老太太說，你要不要抱一下？啊？可以嗎？如果是你一定沒問題，就在兩人這樣的對話中，黑巴哥犬真的落進那智原本環抱在胸前的雙手之中。

這隻恐怕連五百公克都不到的小狗，被他一抱看起來小得可憐，單是心臟與肺臟還能維持功用似乎就已是奇蹟。那智臉上的表情是前所未見的認真。

細谷小姐在後面的盥洗間埋頭清洗沾滿嘔吐物的圍裙，我卻忘我地面露微笑，一逕望著小狗與那智。

另一方面，卻又有種哪怕是誰辭職求去，或是入會者減少，店裡就此倒閉，那也是無可奈何的自暴自棄心情。縱使付出多大的辛苦也要把這間店撐下去的氣力，似乎已不剩分毫。

然而我猜錯了，細谷小姐談起我壓根沒想到的事。

燈光半熄的店內，我們在一張桌前相向而坐。

「請冷靜聽我說，是關於千繪的事。」

她劈頭就這麼說。

我在錯愕之下只能呆呆盯著細谷小姐。

「我已查出大致的原委了。」

即便如此，我還是只能一臉呆樣。

「其實，我趁著不上班的日子去過幾次岡山。也見到千繪的父母。」

「可是——她老家的住址連履歷表上也沒寫吧。」

「對，沒錯。所以我先去了千繪畢業的短大碰運氣。」

她早已料到學校方便不可能透露畢業生的個人資訊，因此就在正門附近徘徊，被多人漠視之後，總算逮到一個學生。

她聲稱兒子的未婚妻失蹤了，現在正在四處尋找，聽準兒媳提過七年前自這所短大畢業，所以想確定真偽，能否幫幫忙。她報上千繪的姓名後，請那名學生幫查畢業生名冊。結果，該年度的名冊上的確有千繪的姓名與住址。

「在那個階段，我還不確定名冊上登記的是否真的就是千繪，因為也可能是她冒用別人的姓名。不過我去那個住址一問之下，的確是她父母沒錯。為了讓他們安心，我拿出店裡的名片，說我是千繪的同事，因為向千繪借了一大筆錢，想要還給她所以正在打聽她的下落。雖然聽起來很假，但他們都沒有特別懷疑就相信了。」

這時，我腦海的無數疑問已經互相傾軋，再難收拾了。

「為——為什麼——」

我甚至不知該從何問起才好。

「她好像已經回到丈夫身邊去了。」

「丈夫——」

「她是有夫之婦。我也不敢相信，但她父母也給我看了婚禮照片。對方是她一畢業就去工作的建設公司老闆。她父母說，對方那時剛從父親手裡繼承公司，結婚當初還很年輕卻有財有勢。只可惜，好景不常，公司很快就開始出現經營危機。那是個無論賽車或賽馬，只要是賭博樣樣都沾的男人。當然，千繪當初結婚時並不知道他是那種人。」

「那她現在人在哪裡？」

「她丈夫在大阪市內租了房子，千繪據說也在那裡。」

「大阪的哪裡？」

「對方沒告訴我，他們希望我不要再去打擾女兒。如果是想還錢，他們說可以代為收下保管。」

「這太荒謬了。沒有當面跟千繪談過之前，什麼都不能確定。她為何要躲起來？為何突然跑回那個男人身邊？」

「我也問過她父母同樣的問題。可是，他們說是那家務事，什麼都不肯透露。我又死皮賴臉地問了半天，他們只是堅持箇中有外人不了解的內情，實在無法奉告。」

我們暫時陷入沉默，別無他事可做，只能自然而然互相看著對方。由於太吃驚，我反而覺得沒什麼真實感。

「細谷小姐，妳為何那麼——」

「冒昧出面干涉，我非常抱歉。」

「不，我不是那個意思。」

「如果沒有借給千繪的那筆錢，這間店會有危機吧。既然如此，一定得想辦法。我也不想失去工作。這份工作很適合我，況且店長也知道，我這把年紀要換工作並不容易。」

我當然不認為細谷小姐特地查出千繪的老家，只是為了保住自己的飯碗，但也沒有刻意提出異議。原來因千繪失蹤而受傷的人，不只是我。這點令現在的我感到非常安慰。

當初我在毛毛頭開張前貼出徵人啟事，當天就來應徵的人便是細谷小姐。基於好歹得面試，我們三人聊了一下，從那時開始，千繪與細谷小姐便不可思議地投緣。

曾經離過婚的細谷小姐，在過去的人生中想必受過千辛萬苦，這點從她的為人處事便可察覺；但我經常想像，她該不會有個像千繪這麼大的女兒吧。或是死別，或是生離，總之她也許是在千繪的身上，看到親生女兒的影子。

我會這麼想，多少也是那件事情引起的。在千繪失蹤的數月前，如在送飲料去客人桌子時，被人趁著她彎腰時隔著牛仔褲摸了一把屁股。對方是個帶著西施犬的中年男人。就在我出面嚴重抗議之際，拎著水桶的細谷小姐走近，不發一語地眉也不挑，直接把水澆到男人頭上。那次我真的嚇到了。

不過就算沒發生那種事，從她替千繪整理散落的髮絲，替千繪被蚊蟲叮咬的手腳抹止癢藥膏，這些日常生活中不經意的小動作看來，皆流露出了細谷小姐對千繪的感情。

「謝謝。真的——虧妳能找到她的老家。」

我老實低頭致謝。同時也對只顧著哀聲嘆氣，壓根沒想到細谷小姐那種周到方法的自己感到窩囊。

「不過，關鍵還是千繪的下落——」

「我再去見一次她爸媽。」

無論如何我都想問出千繪的下落，可以的話我恨不得現在立刻飛去岡山。

「我認為那樣不妥。」

大概是早就料到我會這麼說，她當下否決。

「店長，請想想看，這種時候如果有個男人出現，她父母會多麼困惑。肯定只會令他們更不願鬆口。」

「可是——」

「店長不能焦急，我也不可能碰一次壁就放棄。我會一再上門，哪怕是一點一滴慢慢來，也要請他們說出內情。所以，不管怎樣，請店長先專心處理店內工作。」

細谷小姐一定早就看不下去了吧。千繪消失後，我那副失魂落魄沒出息的德性。

雖然同樣心懷悲傷，細谷小姐依然拚命工作試圖支撐少了千繪的毛毛頭，相較之下，我實在是丟臉到完全抬不起頭。

「對不起。」

我二話不說先道歉，我想這時只能交給她處理。

雖不想承認，但千繪也許是見到丈夫又重修舊好，於是把我甩了。我實在不相信千繪從一開始就是為了騙錢才接近我，但若是前述那種情形或許倒有可能。

千繪身上，總是有種捉摸不透的地方，那同樣也是強烈吸引我之處。自從她走後，我一直問我自己，她愛我是否不如我愛她那麼多。同時，哪怕真是如此，我也一直在祈禱她能回到我身邊。

11

接著發生這麼多事情，我簡直是隨時都可能陷入恐慌。

即便如此，翌日，我還是努力打起精神試圖投入工作。店內依然擁擠，但最主要的原因，還是細谷小姐勸我專心工作的那句話帶來的刺激。

我不敢大意地掃視店內，發現被滴滴答答撒尿劃地盤的桌腳立刻擦拭，快步替被別的狗把口水蹭到身上的客人送毛巾。打發明知後面已大排長龍，卻偏要在收銀台閒聊的女客人，那智聲稱宿醉，所以甚至還得替他送頭痛藥。

當然，即使在工作時，腦海某處仍在思考千繪的事。

我巴不得盡快去岡山問出事情的下文，但是細谷小姐認為過於性急地追問只會造成反效果。她說先等上一陣子，千繪的父母也比較容易打開心房。

結果，她說下星期會替我跑一趟，但在那之前的日子格外漫長。無論是千繪的事也好，那本手記的後續也好，只能乾等的痛苦著實難耐。

接近傍晚時，洋平來了電話。

我一直在擔心他是否順利取得謄本，卻沒有主動跟他連絡。因為我好不容易才讓工作上軌道，只要稍一脫軌恐怕再難回頭。我們之前約好晚上碰面，所以我本來決定忍到那時。不過一接起電話，全都白忍了，軌道輕易崩塌。

「小亮，是我，我要在這兒住一晚。」

一開口，笨弟弟就這麼說。

「什麼？你拿到謄本了嗎？你說要在那兒住一晚，那今晚見不到面要怎麼辦？」

幸好，店裡只有我還沒有輪到午休，於是我朝身旁的女工讀生使個眼色，把手機貼在耳邊直接上，二樓。

「我拿到了啦，待會我從飯店傳真給你。仔細想想只不過是給你謄本，也犯不著特地見面吧。反正我來都已經來了，起碼得在東京觀光一下。牛排就算了，你幫我出住宿費。」

「住宿費？你這傢伙——」

如果只是要拿謄本的確用傳真也行，但我總覺撲了空。

老實說，我很希望今晚如約與洋平會面。面對，我心頭擠滿了想問洋平那顆理科頭腦的問題和牢騷。

也不知他懂不懂哥哥的心，沉默了一下後，弟弟爽快丟出不得了的大消息。

「我從結論講起，媽果然有妹妹。」

「什麼——」

「好像是失蹤了。」

「失蹤？那麼就是說人不在了？戶籍連那種事都查得到？」

「上面寫著，法院已宣告失蹤視為死亡。等我傳真過去後，你自己看。」

「這到底是怎麼回事？什麼時候？那是哪一年的事？」

「嗯——上面寫著法院宣告是在平成九年。」

「什麼？那不是我們已經搬來駒川很久之後了嗎？嗯——那是我國中，你上小學的時候吧。」

「這是宣告的時期啦，但失蹤當然是在更早之前。」

「——喂，你知道這是多嚴重的事情嗎？那本手記果然是真的。那個妹妹被殺死了。」

「我就知道你會這麼說。算了，收到謄本後，你就盡情與你的妄想為伍吧。等你的腦袋清楚一點了，我再陪你吃晚餐。」

聽他的聲音可以明顯感到他只想趕緊掛電話。

「洋平，喂，慢著，你還查出其他什麼嗎？」

「其他全部沒問題。爸沒離過婚，你我以外，也沒有可疑小孩的出生登記或死亡登記。那就先這樣啦。」

什麼叫做就先這樣。

我把手機往床上一扔，一屁股在皺巴巴的床單坐下。但又立刻站起來，在狹小的房間裡走來走去。即使這麼做，也不能讓心情平靜下來。

我從窗口俯瞰，被圈在欄內的狗狗依舊傻呼呼地四處奔跑玩耍。一臉滿足，牠們看似成群結伴，又像各自為政。看似零零落落，卻又保持在微妙規律的範圍之內。

我每次這樣看著看著，總會感到心情漸漸鎮定。狗這種生物，該不會散發出什麼可以讓人類放鬆心神的物質吧。

我在辦公桌前坐下，打開筆電。午休慣例是十五分鐘，但我想稍微調查一下弟弟說的失蹤宣告。

收到謄本的傳真，是在八點過後。

痴痴苦等的我在店內的桌子吃微波爐解凍的炒飯。通常吃飯是在二樓，但傳真機只有樓下才有，所以只好在店裡等著。

傳真過來的，是父親與外公的除籍謄本，也就是本籍遷至駒川市後，如今已無用處的戶籍。

雖然沒多少字數，但戶籍這種東西向來難懂，電腦化之前的更不用說。我飯也沒好好吃，只顧著來回研究了半天，結果總算弄清楚幾項事實。

首先，以父親為首的本籍，在我四歲住院時，自宮城縣仙台市遷至前橋市。雖然我和弟弟都沒去過，但仙台是父親的出生地，他在父母雙亡後也是和未婚的阿姨住在那裡。

火災後，寄宿在外公外婆位於前橋的房子時，不僅自東京都內某處遷出了戶口，好像也同時遷移了宮城縣的本籍。明明那個本籍在短短數月之後，就要遷到駒川市。

母親是戶籍登記上的妻子，也是外公外婆的長女。婚後遷入父親在宮城的戶口，但出生年月日與結婚時期，都和我們聽說的事實毫無矛盾。

換言之，弟弟說得沒錯，父親的除籍謄本上，除了短期遷籍駒川市之外，並沒有特別的疑點。

問題在外公的戶籍謄本。

在母親的名字美紗子後面，還有另一個名字英實子登記為次女。

我死盯著那幾個字。英實子——那正是安養院的外婆邊哭邊脫口喊出的名字。

既是除籍謄本，上面的名字當然全部都已被斜線劃掉。英實子也一樣，但在她的身分事項欄，卻有和他人不同的古怪記述。

平成七年參月拾日視為死亡平成九年八月五日法院宣告確定失蹤同月七日父柳原浩介申請除籍。

沒有任何標點符號，就這麼一行記載，柳原浩介是過世的外公名字。

雖然已在電話中聽說，但親眼目睹，還是再次有股冰冷的衝擊，自腹部最底層緩緩爬上來。夜晚冷清的店內安靜的無聲忽然令我感到窒息。

柳原英實子——

這是我真正的母親嗎？

這個母親的存在，以及她拋下我、八成已去世的事實，我竟一無所知地活到今天？如果這個母親是撰寫那本手記的殺人兇手，那我的體內也流著殺人兇手的血液。

我愣了一會。手記上寫的所有字句、情景都在腦海盤旋，最後那個一襲花樣夏衣手持陽傘及那個白色手提包的女人再一次浮現於虛空。雖然五官模糊，但我能感到她朝我拋來的微笑非常溫柔。我甚至覺得她有話想對我說。

她為何會消失？

根據白天上網搜尋的結果，一個人失蹤後，若在生死不明的情況下經過七年，只要親人向法院申請，法院好像就會做出失蹤宣告，而被視為死亡。

柳原英實子身上發生了什麼事？是怎麼嚥下最後一口氣的？縱使事到如今已無法挽回，但我想弄清楚。

弄清楚之後，哪怕我身上繼承了這個母親多麼罪孽深重的血液，我也只能概括承受。想到這裡，我忽然很想哭泣。

前橋市的兩份除籍謄本中，父親的那份在搬至駒川市的同時，也在昭和六十三年辦理除籍，但外公的卻是在十年之後的平成十年才除籍。明明是一起搬來駒川的，為何沒有同時辦手續？

答案只有一個。

為了把英實子這個名字與全家切割乾淨。只要法院宣告失蹤判定死亡，新的戶籍上就再也不會有那個名字出現。他們是在等那個時期，才把外公的戶籍遷至駒川。外公、外婆、父親、以及母親美紗子都是一伙的，我只能這麼想。

我無意識地閉上眼，伸手按住太陽穴。

這樣定定不動，黑暗的疑惑底層似乎透出了光芒，漸漸出現某種隱隱約約的輪廓。根本用不著再去猜想到底發生過什麼吧。事到如今，一切都已清清楚楚了，我只是不想輕易承認那個事實吧——

過了一會我拿起湯匙，繼續吃那早已冷掉，像生米一樣硬的解凍炒飯。

12

之後的幾天沒有什麼特別值得一提的事。

只能等待的我，彷彿失了魂心不在焉。在這種混亂的精神狀態下，徒然日復一日地熬下去。

唯有工作上的表現連我自己都暗自叫好。或許正因有工作，才能夠勉強撐住，畢竟對象是狗。只要眼睛一對上，牠就會滴著口水湊過來磨蹭。在摸摸頭拉拉耳朵逗狗的時間，至少不用去想其他的事。能夠擁有這種時間，或許才是最大的救贖。

痛苦的是打烊後。

夜裡剩下我一個人，腦中總有紛亂蕪雜的思緒源源不絕地湧出。我的心情在無處發洩的恨意，以及勒緊心口的悲傷之間擺盪。明知白費力氣，卻還是一而再再而三地思考同樣的事。

我每晚不停喝啤酒。

明知該聽聽音樂或打電話給弟弟來轉換心情，但不知為何就是不想這麼做。我只想呆坐在椅子上，任由自己困在思慮的無盡迴旋中。

醉意滲透全身後，便連衣服也不換地往床上一倒，陷入淺眠。

某個這樣的夜裡，我突然感到一種似乎有人在身旁的淡淡動靜。遙遠的往昔在旁看著**你**睡著的母親，今晚同樣守在我身旁看著我。我半是昏睡，同時也不免被那種念頭糾纏。她那冰涼的手心彷彿隨時會輕撫我的額頭。年輕的母親，年紀輕輕就死去的，那個名叫英實子的母親。

我聚精會神試圖看清那模糊的五官，但只有那本筆記裡的無數字句叫囂著不斷溢出，覆蓋了母親的真正面容。我總覺得她正從那些字句的彼端呼喚我。母親想必早已不在人世，不知為何我卻感到她正在向我求救。

媽——

即便呼喚也語不成聲。明明努力想動，卻動彈不得，唯有身體某處突然痙攣起來。

雖有束手無策的滿心焦慮，我還是屏氣凝神繼續思索，在閉起的眼底，漸漸浮現一個朦朧的身影。裸露胳臂的夏裝配上白色手提包，看著我微笑的臉孔，但不知為何，那竟是千繪。內雙的丹鳳眼，眼下小小的淚痣，我想忘也忘不了的女子，猶如懷念的春花氣息。

我突然再也分不清求救的人是母親還是千繪。但我肯定誰也救不了，只會讓兩人都死去，唯有這樣的預感無止盡地膨脹。

擠在喉頭的恐懼乍然湧現，我被自己的呻吟驚醒。大汗淋漓地喘氣，想到千繪或許也和母親一樣，此時已不在人世，我不禁開始無聲啜泣。

即便如此，終於還是挨到了週日。

我在店裡待到最後一刻，結果只好在最擁擠的尖峰時間脫身溜走。不只是細谷小姐，就連平時多嘴多舌的那智都不曾有一絲不悅的表情，反而令我難受。

與上次一樣，我守在站前的咖啡店等著父親出現。

洋平連續兩週都去看外婆會很不自然，所以這次我只能單獨行動。

因此我若在書房待太久會很危險。萬一父親像上週一樣探望外婆後提早歸來，我根本無法察覺。

如此一來，除了把第三本筆記放回原位，把尚未閱讀的第四本筆記拿出來之外別無他法，若只是那樣不須五分鐘。

在路上現身的父親，短短一週似乎又瘦了一圈。身上的襯衫布料怪異地在空氣中鼓脹起伏不定。即使如此，他還是挺直腰桿大步走來。

我懷著連自己都感到惆悵莫名的複雜心思目送他的背影走遠。

五分鐘後我離開咖啡店，急忙趕往老家。

站在打開的壁櫥前，我不知所措地發呆。

沒有手記。

就算再怎麼翻紙箱，也找不到那個裝筆記本的牛皮紙袋，以及那個手提包。

被父親發現了嗎——？

我思忖該如何是好，當然想不出好主意。

結果，明知徒勞，我還是從手邊的箱子開始翻找，再一箱、再一箱，最後終於把所有的紙箱都從壁櫥拖出來了。

另一邊的拉門被書櫃擋住根本打不開，所以我費了一番手腳。翻出來的都是舊衣服、餐具之類無關緊要的東西令我看了都煩，同時再次巨細靡遺地翻了一遍，卻還是找不到筆記和手提包。

狹小的書房亂得幾乎無處下腳，我已完全束手無策了。

把箱子放回壁櫥，再拿吸塵器清理塵埃滿天飛的房間費了不少時間。根本不可能完全恢復原狀，只要父親一開壁櫥，肯定立刻會發現箱子被人動過。但是，我已經不在乎了。

我走下一樓，在廚房的桌前邊喝啤酒邊等父親。

雖說現在晝長夜短，外面的天色也已漸暗。

父親在七點多歸來。

喔，你來啦。他像平日一樣說著，自己也從冰箱拿了一罐啤酒。

「爸早就料到我會來？」我問。

「還好啦。」

他津津有味地喝掉一半啤酒後，放下罐子。

「今天可真熱。」

「身體如何？」

「不要老是問同樣的事。」

我早就知道他會這麼說，但是看著他那已經只剩下粗大骨節的手腕，還是忍不住脫口而出。明知他的身體不可能好，卻還是忍不住要問。

「對不起。」

「用不著道歉。」

「爸——」

「怎麼了？」

「手記，你放哪去了？」

父親的表情不變。他的神色平穩，霎時之間幾乎令我以為他沒聽見。

他對我的凝視似乎也不以為意，拿起罐子把剩下的啤酒灌下肚，呼地吐出一口氣。

然後終於看著我，應該說，是看著我與他之間，虛空中的某一點。

「有一本在你手上吧？」

「沒錯——我很想看完下文。我剩下第四本還沒看。」

感覺就像在平淡地閒話家常。

「我還以為你是隨便抽出一本拿走，原來如此，你已經看了三本了？」

我點頭。

「枉費我就是因為不想讓你看到，才打算趁著還有力氣時處理掉，特地把它找出來。」

「可是一旦開始看了，就只能看到最後。」

我從背包取出第三本筆記放在桌上。

父親默然不語，壓根不看筆記。

他那依然有點失焦的視線對著我，他的表情竟和鬧彆扭時的洋平相似得可笑。

「也許吧。」

過了很久之後他冷不防說，然後從椅子起身，走進隔壁的客廳。

他拉開放有母親美紗子遺照的小矮櫃抽屜，取出牛皮紙袋。我不知道他是否基於某種用意才特地放在照片旁邊。走回來之後，他把牛皮紙袋交給我說：

「對不起，在你看的時候，先讓我上樓躺一下。說來窩囊，我已經毫無體力，光是走幾步路就夠嗆了。等你看完，再喊我一聲。」

父親很少如此示弱，但我並未安慰他，只是含糊應了一聲。

聽著吱呀作響的上樓聲，我抽出紙袋裡的東西。

終於拿到手記了，可是想到也許又會因為某種緣故立刻被搶走，心裡不免七上八下。

我慌忙將早已看完的三本疊成一落放在旁邊，拿起第四本。

我深呼吸了一口氣試圖讓自己冷靜下來，但似乎沒什麼效果。

第三本筆記的最後一段，我已經可以倒背如流了。

就這樣過了數年。

然後開始崩壞。

想到那崩壞的過程，母親走向死亡的過程，就寫在接下來要看的地方，翻頁的手不禁顫抖了起來。一瞬間我幾乎無力招架不願閱讀的衝動，但我已無法回頭。

某個下午，我牽著孩子走在路上，突然有人喊我婚前的名字。

「哎，眞沒想到，好久不見。我還以爲認錯人了，抱著碰運氣的打算試著喊一聲。因爲妳和以前給人的感覺實在差太多了。嗯——該怎麼說呢？應該說長相好像判若兩人吧。」

這個兩邊額角已禿的男人，是經常出入我以前任職的那家公司的事務用品業者。價格低廉，而且一通電話立刻送貨上門，所以幾乎都是向他購買。當時下訂單的人多半是我。

「咦，妳結婚啦？小弟弟，你好啊，眞是好孩子，幾歲啦？」

孩子畏畏縮縮很怕生，只朝男人比出與年紀相符的手指。

「是嗎、是嗎？眞厲害，叫什麼名字啊？」

這個禿頭男曾在聖誕節給我花俏的絲巾。他說是送給我的，所以我道謝後就收下了，但之後下單業務就再也無法正常進行，那也是我後來被趕出公司的諸多原因之一。

「難得有這機會，我們找個地方坐坐喝杯茶吧。哎，想不到，眞是想不到，女人結婚後，居然會有這麼大的變化啊。關於這方面我可得好好請教一下，畢竟我到現在還是寂寞的光棍一條。」

男人一笑，便可看起張大的口腔內部。

「我現在有點事，不好意思。」

「少來了，我看妳不是走得悠哉得很，我之前就一直在那頭看著了。我也正在工作的途中，不過這種巧遇可得好好珍惜。哪，小弟弟，跟叔叔一起去喝果汁吧，啊，還是吃冰淇淋比較好吧。」

「眞的不方便，再不走就——」

男人擺出對我的話充耳不聞的態度，繼續說他的。

「畢竟妳突然就離職了，太過分了吧，雖說是以前的舊事。啊，對了、對了，後來過了一陣子，你們那家公司出了命案，妳看到報紙了嗎？什麼？那妳不知道啊。嗯——已經有四年，不，五年了吧。妳知道嗎？被殺的是我們都很熟的人呢，妳猜是誰？」

禿頭男又再次聲明，妳聽了一定會嚇一跳，然後才說出我殺死的那個男人的姓名。

「而且還是用我公司進的垃圾桶把人活活打死，想到都發毛。妳記得吧？大家不是都用那個嗎，形狀像傘架一樣的不鏽鋼製品，就是那個，就那個。」

我猛然打了個嗝，心臟像握緊的拳頭一樣僵硬。

陰影自周遭的風景猛然出現，一下子變成閃閃放射敵意的布幕背景。眼前所見之物，似乎全都從形體內側開始崩壞，到處都看不到百合心。我猛然想起，以前、還沒遇見你之前，世界看起來一直是這樣的。

「妳……妳怎麼了？咦，奇怪了，妳沒事吧？妳的臉色鐵青喔。」

因爲我怕聲音會變得很怪，所以沒回答。

「喂，小孩很痛，妳看妳那隻手。」

我這才發現哭聲，鬆開緊緊捏住的那隻小手，然後又立刻重新握住小手邁步走出。

「等一下，慢著，好像不對勁喔。」

他拽住我肩膀的力氣大得幾乎令我踉蹌。

「妳想逃？妳在緊張什麼？怎麼突然不說話了？妳該不會其實早就知道那件命案？那件命案……該不會，與妳有關？」

他湊過來窺視我的臉孔，彷彿戴著扭曲的面具。

「不是的，我只是有點驚訝。」

我撂下這句話，甩開禿頭男的手便小跑步離開。

孩子被我拽著再次哭出來。高亢的哭聲周遭，布景街道互相傾軋，好似隨時都會啪地破裂。我果然還是逃不過，但是我完全不知道該如何是好。

半個月前，晚餐吃到一半，忽有兩名刑警來訪。

是一個年約五十的胖男人和一個眉毛很淡的年輕男人，他們朝著去開門的你各自取出證件報上姓名，也確認你的姓名後，以殷勤的語氣說「有點事情想請教尊夫人。」

我不想讓他們進來，於是急忙出面，但你還是把刑警帶進屋。

「打擾你們吃飯眞是不好意思，我們不會耽誤太久的。」

在另一個房間的矮桌前坐下後，年長的那個自口袋取出記事本翻開，讀出了禿頭男的姓名，問我與他相遇的地點與日期時間。那次之後已過了一個多月，我本來還以爲已經沒事了。

你正在念書給小孩聽以免他吵鬧的聲音，自關閉的房門那頭傳來。

「嗯——既然有人報案，我們就有職責確認一下。不過這還眞是……您婚後姓氏也改了，又搬了家，要找到這裡費了好大的工夫。」

刑警摩挲著後頸笑了。從頭到尾，說話的一直都是這個刑警，另一個年輕的只是默默坐著。

「哎，根據這位報案者所言，太太您呢，好像知道過去發生的某起案件的重要情報。」

然後刑警才說出遇害男子的姓名與大致的案情，用那與生動的表情切割開來，宛如化石的眼睛盯著我。

「所以說，您認識被害者吧。」

「那是我以前任職的公司上司。」

我的聲音沒有顫抖，我認爲絕對不可像上次那樣自亂陣腳。

「根據記錄，您在那家公司，嗯——七年前左右進入公司，大約待了一年。」

「是。」

我不太記得了，但記錄既然是這樣，那應該就是吧。

「當時，您與被害者，嗯，沒有任何私人往來嗎？我是說在職場之外。」

他做出顧忌鄰室的你的動作，壓低聲音問。

「沒有。」

「在您離職之後呢？是否曾在哪兒見過？」

「沒有。」

「那麼，關於命案？您早就知道了嗎？」

「上次遇到那個人的時候，才聽說。」

「原來如此，原來如此。」

刑警頻頻在記事本寫東西，另一個人則是冷漠地打量著我。

「您聽說之後，有什麼感想？」

「我很驚訝。」

「嗯。」

「因爲消息太突然了，又是當著孩子的面。」

「嗯——報案者是說，您的態度好像很不尋常，臉色發青看來幾乎要休克，哎，他是這樣說的。」

「我很驚訝，而且很想趕快擺脫那個人。因爲他死纏著我，要約我喝茶。」

「噢，還有這種事。」

「我說我趕時間，但他卻不肯罷休。以前我在公司時，他就常常對我講些有的沒的。」

刑警皺起眉頭陷入沉默，再次動筆寫了什麼後，啪地合起記事本。

我以爲他會說爲求謹愼起見必須採指紋。我記得那時候我只擦拭了垃圾桶和門把。

「麻煩您了。我已了解大致情況了，這樣就行了。」

在狹小的門口穿上鞋子後，胖刑警憋屈地努力轉身。

「畢竟那已是五年前的案子，我們當時也用盡各種方法調查，除非有天大的事，否則很難挖出什麼新事證。眞是的，傷腦筋吶。打擾府上了，謝謝，告辭。」

刑警走後，我收拾已無心再吃的晚餐，這時候你一如往常帶小孩去洗澡。

「剛才的事跟妳有什麼關連嗎？」

在我們在床上躺平後，你如此質問我。

「我也曾想過，以前的妳會那麼做，說不定是某種贖罪的行爲。我不是也問過妳是不是這樣嗎？」

當初邂逅時，你曾問我是否爲了贖罪才當妓女，這令我至今印象深刻。

「該不會就是剛才他們說的命案？妳就是爲了那個贖罪？」

「不是，我跟那種殺人命案毫無瓜葛。」

「那麼妳和那個報案的男人偶然遇見的事，妳爲什麼沒告訴我？」

「因爲我認爲不值一提，我只是忘了。」

「妳沒說謊吧？」

「我沒說謊。」

「我知道了。」

你從被子底下伸手握住我的手，仰望著天花板。雙唇抿得死緊，彷彿要把逐一湧現的話語，在沒有化爲聲音的情況下壓回心底。

最後你終於轉向我，用緊繃的聲音低語：

「我……我沒有忘記。害死那孩子的事，已經成了我的一部分，想忘也忘不了。正因爲現在很幸福，反而更讓我想起那孩子……」

然後你沉默了，似乎正在專心思考自己剛剛說的話。

過了許久之後，當我以爲你已睡著時你又低聲說：

「從今以後，只要稍微有不對勁的事，妳都要告訴我。因爲我們是夫妻。」

然後，你說了聲「晚安。」鬆開了緊握的手。

對你說謊這件事在無形之中畫開一道小小的裂縫。

過去環繞我周遭的一切從那個裂縫一點一滴滲漏出來，於是日復一日，週復一週，空氣越來越稀薄。

每晚，你說聲「我回來了。」一走進門就用空著的那隻手開始解領帶的動作依然不變。剛才你要教洗完澡的孩子翻筋斗，自己也跟著一起打滾時，也一如既往看來無憂無慮。所以，我甚至以爲，說不定什麼都沒改變，也許你並不曾察覺這種空氣的變化。

但你今晚在被窩裡，雖也像抱小孩那樣抱著我，卻沒有回應我的身體發出的呼聲。你已經很久都不肯回應我了。只要能夠再次在那欲死欲生的感覺中融合，或許那條裂縫就能堵住。

這是懲罰嗎？你已經知道我說謊了吧？

會在這種時間寫這個，是因爲我睡不著。

刑警上門的那天之後，我就考慮把無法對你說的全部實情都寫在筆記本上。就像幾年前，爲了追憶光子而寫一樣。

縱使寫成文章，我也不知道有沒有勇氣拿給你看，可是一旦開始提筆，便再也停不下來。無論白天黑夜，每當我一人獨處時，便像中邪般運筆如飛。

但即便是這樣的時刻，我也可以清楚感到裂縫正在吱哩吱哩、吱哩吱哩地逐漸擴大。我一定要設法阻止，非阻止不可。再不快點，裂縫恐怕就會像小滿家院子那口漆黑的水井一樣。不，說不定早就變成那樣，正在伺機等著將我從頭吞沒。

更早之前，如果在你剛成爲你時就被這麼問，我大概會不假思索便將我做的事全盤托出。殺了幾個人？是怎麼殺害的？當時是什麼感覺？全部說出。

起先，我還能跟你說這種事，也可以害死你。如今開不了口，或許是因爲我已經無法害死你了。

爲什麼呢？因爲根本沒必要勉強害死你。因爲與你共度的生活中，那種兩人一同極爲緩慢地漸漸死去的感覺，一直縈繞不去。漸漸死去的感受越是深刻，我們的周遭似乎也更開心，世界越是生動鮮活。

我之所以已經很久都沒想到百合心，我想一定是因爲它自然環繞在我的四周，毋需多想。在你說「這是命運」的聲音之中，在你送給我那枚你的母親遺留的戒指鑲嵌的蔚藍寶石之中，在夜晚的秘密親吻之中，在小山螞蝗的細小種子之中，任何地方，任何時刻，都有它。

我不知其中原因，只是這樣的歲月，猶如從未見過的魔法一直在我周遭亮著燈。魔法解除，是因爲說了謊。

可是，好奇怪。早在很久以前，甚至還沒與你相遇時，我就已經對你做出那種說謊根本無法比擬的糟糕事，就在那個小男孩被夾斷脖子死掉時。

那件事豈不是更加罪孽深重嗎？

我的腦袋一片混亂。

每當想認眞思考什麼時，總是會這樣一團混亂。

我在那個公園將你推落地獄，這點千眞萬確。但是正因我做了那件事，你才變成我的你。若沒有公園那件事，你根本不會有罪惡感，也不會與骯髒的妓女有那麼深的牽扯，對吧？

啊，到底該如何是好？如果爲了與你相遇，只能將你推落地獄的話。

一切都是命運注定，所以無可奈何嗎？小男生的妹妹那頂帽子，在公園被一陣突來的風捲走的瞬間，一切就已決定了嗎？相遇崩壞這一切都該是這樣，從相遇到崩壞的這一切都是對我的懲罰嗎？

想到要一邊等待死刑，一邊被關在狹小的空間待上幾年幾個月，我就害怕得幾欲發狂。幾乎窒息的痛苦燒灼胸口。

爲何會突然想到死刑呢？

這種古怪的心痛，該不會就是你所謂的罪惡感吧？你的罪惡感終於也傳染給我了嗎？

我不知不覺趴在寫到一半的紙上，似乎睡了一小時左右。

馬上就要天亮了。

我做了一個奇怪的夢。

我像以前一樣正在找蝸牛，以便丟進漆黑的水井。可是那裡不是小滿家那個有樹和池塘的大院子，是我在行刑之前被囚禁的單人房。角落的牆邊還是那口井，在那狹窄空間中每天除了思考水井之外，無事可做。我需要大量的蝸牛，幸好，單人牢房潮濕的石牆上爬滿許多肥大的蝸牛。可是偏偏今日不是搆不到，就是滑不溜丟地讓它逃走，一隻也沒抓到。我感到無底的黑暗引力纏繞上來。就在身體麻痺幾乎不能呼吸時，終於有一隻蝸牛剝落掉了下來，於是我慌忙伸手去接。滾落手心的是像蝸牛一樣蜷成小球的那個孩子。他看著我咧嘴一笑。啊啊好險，只要把這隻特別的蝸牛丟進黑暗的井裡就沒事了。這下子可以解脫了。我這麼想著，也朝他一笑。

這幾天，我一次又一次地想像同樣的事。無論如何都無法不祈求，你若也能對我做我對光子做的事，那該多好。事到如今，我甚至覺得打從第一次喊你爲你的瞬間，我就一直抱著這個心願。

用什麼方法都行，唯有死在你手裡，才能拯救我免於獨自掉入那漆黑水井。我肯定會開心得閃閃發亮地漸漸失去意識吧，一定可以徹底變成你的回憶吧。若能那樣，我再無所懼。

那是不可能的奢望吧。如果這麼做，等於讓你變成殺人兇手，那會害你比過去更受罪惡感折磨。

差不多到了你醒來的時間了。我一如往常地煮咖啡，做早餐。

我不要緊了，心情很鎮定，或者該說，就像空殼子。究竟是抽空了什麼呢？扁平的我，似乎已化爲不過是扭曲布景的人世風景之一。

現在重讀我所寫的內容，簡直就像別人寫的，感覺很奇怪。

其實根本沒有什麼裂縫嗎？

有或沒有，什麼改變了或者沒變，我漸漸分不清楚。

昨日做的夢縈繞腦海。

在遍布周遭的殘骸中，唯獨那個特別的蝸牛夢異樣鮮明生動，所以我忍不住想，如果眞的讓那孩子死掉會變成如何？

爲何會覺得只要照夢境去做便可實現心願呢？

意思是說只要犧牲你與我最心愛的寶貝，命運也可改變嗎？

但是明知你會很傷心，我爲何還會有這種念頭？

止。

有點不對勁，這我知道，我當然不相信夢境的暗示。只是想著想著，就再也無法遏止。

因爲小滿、光子、拉麵，還有在公園死掉的那個小男孩，都在呼喚那孩子。他們喊著快過來、快過來的聲音，在我體內越來越大，令我目眩。

我大概不懂悲傷是怎麼回事，或許也因此才能做出讓你悲傷的事。

啊啊，但是如果不做出足以破壞周遭一切的驚人之舉，我就無法脫離這裡了。

殺害小孩的母親不該活著，在悲傷的底層，你肯定也會這麼想。如果到時候懇求你，你一定會親手助我死去，你應該會成全我的心願。若是讓害死那孩子的我死去，你根本不必有罪惡感。

我只能賭在那上頭了。

裂縫也只須用力關上就是了，爲此任何事，我都在所不惜。哪怕是我根本不確定它是否存在的裂縫，但裂縫終究是裂縫。不確定是否存在的裂縫，就在這裡就在這陣陣刺痛的腦中，與黑暗的水井筆直相通。

對不起，眞的很抱歉，我無法停止。

我想讓孩子輕鬆地死去。

我正在思考有什麼方法可以做到。

那孩子是從我體內透過我而現身的，所以屬於我嗎？

但是，那孩子並不屬於你，他的父親是個不知何方神聖的廢物，母親是殺人兇手。對，他身上繼承了不好的血統，所以還是讓他死掉比較好。

這本筆記也要到此結束了，我不會再寫。幾天之後，當你看到這個時一切都已結束，我大概也已不在人世。因爲只要我還活著一天，就沒勇氣讓你看到筆記。

你不能讓我活著。

唯有被你殺死才是我的救贖。

因爲你是我的你——

請你永遠別忘記這點。

即使如此，如果那一天你說這是命運那時的那種魔法能再次展現，若我還能活著讓你擁抱，我想再生一次孩子。取代這個將要被我害死的孩子，這次，我想生下你眞正的孩子。

我這麼想。

我走上樓梯頂端，可以看到書房的拉門開著。父親把座墊對折當枕頭躺在榻榻米上。我本以為他睡著了，但當我往門口一站，他背對著我低聲問道。

「看過了嗎？」

「嗯。」

我走進房間在一旁坐下。

「要替你拿條毛巾被嗎？」

我察覺後問道，但父親沒回答，艱難地挪動身體變成正面仰臥，凝視天花板。

「既然已看到最後，那你應該也已猜到大致情況了吧。」

「我是有些想法。」

「是嗎？那就好談了。來吧，有什麼話儘管問。」

父親面色如土。我很想按下此事不談，可以的話弄點清粥之類的給他吃，讓他好好休息。然而又有種強烈的預感，好像如果不趁這機會說清楚，就永遠都談不成了。

「生下我的是寫那本筆記的人吧？」

「是的。」

「那時候媽的調包是真的吧，爸爸和現在的媽還有外公外婆連手欺騙年幼的我。」

「對，就是這樣。」

「英實子就是我親生母親的名字吧。」

父親將視線自天花板移開，頭一次正眼看我。

「你從哪聽說這個名字？」

「我從前橋市公所弄來了除籍謄本。上面記載此人已失蹤。但是其實是全家串通殺了那個人吧？」

可以看出父親瘦弱衰頹的身體猛然一縮。他張大的眼睛並未試著轉開，依舊望著我。

最後他緩緩轉過臉，閉上了對眼。

「那倒是不對。生下你的不是英實子，是美紗子，所以寫那本筆記的人也是美紗子。」

「啊？可是，媽——」我當下啞然。

「你說的媽，是指剛剛去世的媽？那個媽其實是英實子。換言之，是你的親生母親美紗子的妹妹。」

父親彷彿要等我理解，沉默了片刻，然後再度開口。他依舊閉著眼。

「從我們一家搬來駒川市，你出院的那天起，英實子就偽造年齡，一直以她姊姊美紗子的身分生活。」

「那，被殺的是——」

「——美紗子。」

磨得起毛的和紙上淡筆書寫的美紗子這幾個字在眼中浮現。那個是我真正的母親，真正的美紗子的遺髮。原來真相是這樣嗎？

腦中籠罩的迷霧漸漸散開。

說穿了，也只有那個可能。明明已走到只差一步之處，為何我之前竟未想到。

我驀然思忖，弟弟該不會早就察覺了吧？若拿之前的事情經過與除籍謄本的內容對照，以洋平的頭腦說不定已導出結論。那時他說要留在東京過夜，回來之後也不跟我連絡，該不會就是因為不想談這件事，所以才躲著我？

曾幾何時，父親又再次睜開眼，凝視天花板。

「為什麼要殺她？是因為她想殺我？」

父親微微搖頭看似否認，卻沒回答。

我也已經無話可問，只是默默等待。

最後父親的雙唇顫抖，像要勉強擠出每個字般地開始說了。

13

那件事是我與美紗子以及還很小的你，一家三口去前橋的岳家過夜時發生的。

不知何故，我在半夜突然驚醒，然後我發現身旁的被窩空無一人。

我猜她一定是帶你去上廁所了，但伸手一摸，床單是冰涼的。再加上，不知從哪來的風吹進房間。我反射性地抓起放在枕邊的手表看時間，已快兩點了。

我起身仔細一看，不只是靠走廊的拉門，面對庭院的玻璃門也沒鎖，開了二十公分左右的縫隙。

我喊了美紗子的名字，卻沒有回應。七月初的安穩深夜，萬籟俱寂的整個庭院只見銀白月光灑落。

發生某種大事了，我這麼覺得。

不管怎樣我先套上木屐，在院內，還有樹籬外也找了一下，之後再次進屋把每個房間都看了一遍。

這個時間連電車都沒有，美紗子不可能帶著你先回公寓去，但我還是撥了一通電話試試。隨後，叫醒美紗子的父母。

岳母非常驚慌，當下就堅持要打一一〇報案，但我拚命安撫她。只不過是妻小在半夜離家，警察不可能大張旗鼓地調查，所以與其那樣做，還不如自己去找更快。

況且，老實說，上次那兩名刑警去公寓的事也令我耿耿於懷。現在美紗子如果惹出麻煩，那些刑警肯定會投來懷疑的眼光。

於是我打電話給美紗子住在附近的妹妹英實子。若是英實子，可以開車行動。我簡單說明原委，對她說：這麼晚了實在很抱歉，但爲了預防萬一，能否幫我去公寓看一下。

雖然打電話回家沒人接，但並不代表美紗子百分之百沒回公寓，況且萬一眞的在哪發生意外，應該也會先通知家裡。

英實子當下一口答應。雖說她必須先過來老家這邊向我拿家裡的鑰匙，不過，若是飛車趕往東京的公寓，這種三更半夜應該只需一小時多一點。

讓岳母留在家裡，我與岳父分頭找人。我們雖未明言，卻很有默契地沒朝車站而是往河邊的方向走。

你大概不記得了，外公家的北方，住宅區與大片田地之間有利根川的支流流過，做爲分界。大家出去散步時，多半會一路走到那條堤防上。

朝著那條河的上游，岳父找南岸，我過橋走北岸，檢視著草叢，不時喊她的名字地沿路搜索。

水聲響起，月光在河面上閃閃爍爍地破碎。

草葉和地面都如貼了一層銀色薄膜般明亮，連岳父在對岸小跑步來來回回的身影皆清晰可見。可是，卻又有種眞正該看的東西卻消失無蹤的不安，令我幾乎窒息。

時間分秒流逝。

途中水泥護岸已到盡頭，如此一來，路肩茂盛的雜草便令堤防下方難以一眼看清。就我的位置看來，反而是岳父所在的對岸河邊看得更清楚。

當我沿著劃出弧形的河流拐彎時，有個佇立在對岸河邊的更前方的小小身影竄入眼簾。身著睡衣的孩子似乎隨時都會走進河中。

「在那裡！」

我隔著河流伸手一指，大聲通知岳父。我一邊以眼角瞄著拔腿就跑的岳父，自己也拚命跑。

「亮介！」

「危險，別下水！」

我們一起大叫，也不知你究竟聽見沒有，你的腳踝已浸在水裡，看樣子似乎正想過河。

「亮介你別動，就在那裡等著，我馬上過去。」

你朝我這邊看了一下，卻沒有要停下來的跡象。就在你又踏出一步時，也許是陷入水底深處，只見你瞬間沒頂，旋即又浮起來接著就被水沖走。

我滾落斜坡。這時水聲響起，只見我這頭的上游有人跳進水裡。我猜一定是美紗子，你剛才一定是想來對岸找媽媽。

我脫下鞋子隨手一扔便跳進河，水一轉眼便淹至肩膀。水勢比預料中更湍急，轉眼之間已把我帶到踩不到底的深處。那一帶正好是河彎處，靠近這頭岸邊的河底深深凹陷。

即使我逆流拚命划水，還是不可能朝上游前進。我只能一邊盡力不讓自己被往下游沖，一邊伸長脖子四下張望。

我看到美紗子的身體漂來，懷裡抱著你，一手拚命划水，以免下沉。我伸出手想抓住她，但當然不可能抓到，你們瞬間已掠過我而去。

我擠出渾身力氣追在後面，渾然忘我。我想叫喊卻吃了水，才剛覺得指尖觸及美紗子的身體，旋即又拉開了距離。

過了河彎後水流稍微減弱。美紗子似乎已經放棄，只是隨波逐流，你也一再沉入水中。

我好不容易才追上，從後方抓住那又要下沉的身體。美紗子以及被她抱著的你，渾身癱軟地閉著眼，看起來不像還有呼吸。

岳父正在水邊大叫。我踢水試圖游過去，最後腳終於踩到河底。

一讓你們母子倆在河岸的草上躺平後，我與岳父立刻一起開始急救。實際在水裡的時間大概有三分鐘左右，所以我想應該不要緊。

幸好你立刻吐出水，恢復呼吸後，我只想盡快讓你們兩個上救護車，於是決定讓岳父抱著你奔往最近的民家。是爲了叫醒對方，好請對方借電話與乾毛毯。因爲當時不像現在，還沒有手機。

我留在原地，繼續替美紗子做人工呼吸。她從一開始就有脈搏，雖然像痙攣般虛弱，但也有呼吸，卻一直沒有清醒。臉色也很蒼白。我很想替她暖暖身子卻束手無策。過了五分鐘左右，見她已經穩定地自己呼吸了，於是我不再朝她口中吹氣。

也就在這時，我發現她的左手腕割了很深一道口子。好像是在同一處一再切割，傷口很醜很深。不過被水洗之後已經不流血了，裂開的傷口在月光下看似泛黑。我甚至無法想像她跳河之前失了多少血。

得知她有意尋死，令我方寸大亂。雖然不明白原因，但想來想去恐怕還是與上次那個刑警說的命案有關。後來她的樣子一直有點不對勁，我也莫名地耿耿於懷。

可是，就算是這樣，我也沒想到她會突然做出這種事。

我認眞懷疑，她是否因過於明亮的月光而中邪發狂。

我赫然回神，這才發覺美紗子雙眼微睜看著我。那是她時不時會流露的眼神，就只是看著。蒼白的臉孔漠無表情，唯有那對眼睛是活的，不斷滴下淚珠。

我心想，她果然殺了人。但是被一個尋死不成的女人這麼一弄，我動彈不得也說不出話。腦袋異常混亂，唯有一點，我明白了。她之所以想死，不是爲別的，只是不想與我分開罷了。

這是不可原諒的事。

至今我仍這麼想。若是爲了贖罪而死，那也就罷了。

然而正因是她這樣的女人，所以才無可奈何。她本來就過於單純，或者該說思路簡單，總是掌握不住適可而止、量力而爲的感覺。明明是這樣看似有缺陷的傻瓜，不知何故，總令我卻異常感到心疼。

當我回視她緊盯著我的目光，好像被她吸引，我忽然很想就讓美紗子死去。我陷入一種古怪的感覺，這個活得艱難的女子既然不惜這樣渴求我下手，那麼這麼做是我的義務。只要捂住她的口鼻一會兒，便可輕易做到。只要告訴岳父她溺水嚴重，我救不活她就行了。這樣她便可得到幸福——

然而，我當然沒那樣做。

在救護員抬擔架過來之前，我只是一直默默摩挲她冰冷的身體。這段期間，我連一句話也沒對她說。

那晚發生的事僅止於此。

你們母子都沒有性命危險，住進了醫院。

我從醫院打電話回公寓，向小姨子說明事情經過。她似乎深受刺激，連開車回去的精神也沒有，說要留在公寓過一夜。

其實那時，英實子已經開始翻閱美紗子寫的那本手記了。我事後聽說，那玩意兒就像遺書似地疊成一落放在桌上。由於是那樣驚人的內容，所以她大概打算至少等到隔天稍微安頓下來之後，再告訴我們。

之後是一陣兵慌馬亂的日子。

正如我所憂心的，醫院通知了警察。警方做了筆錄，但美紗子無論對象是誰，都不再開口說話。她不是故意的，醫生說是壓力過大造成的退行性緘默症。

岳父與我老實地說出當晚所見的一切。美紗子溜出被窩後，小孩似乎也追在母親後頭搖搖晃晃地跑出去。

你聽著，她的確是想獨自尋死。筆記上雖然那樣寫，但在被逼得走投無路的瘋狂與清醒的邊界的緊要關頭，她還是毫不遲疑地選擇毀滅自己。

歸根究柢，她本來就不可能殺你。她可疼愛你了，她對你的疼愛簡直令人看著都心疼。

結果，警方那邊，只說了句請多保重後就結案了。之前上門的刑警也沒有聞訊再來問話。

你住了兩天就出院了，美紗子卻沒這麼容易。那是設有精神科的綜合醫院，因此院方說最好再觀察一下情況，遲遲不肯許可出院。

就在這時候，好不容易才回來的你，身體又開始不舒服。

你一直發燒而且無力，所以又帶去看醫生，這才知是肺炎。好像是河水夾雜了髒東西，而你吸了一些進入肺部。據說溺水之後，有時會出現這種情況。

聽說偶爾也可能留下麻煩的後遺症，所以拿到醫生的介紹信後，就讓你住進有專業醫師的東京都內某醫院。

我的工作不可能長期請假，往返職場、你的醫院、美紗子住的前橋醫院之間，令我疲於奔命。

在每家醫院都只是短暫碰面，或是打電話連絡重要事項，除此之外，我根本無暇與岳父他們好好多談。

等我終於抽出時間去前橋的岳家，是在美紗子出院兩天前的週日。記得那是個只打雷不下雨的悶熱夜晚。

英實子也來了，我第一次看到那本手記。

他們叫我先看了再說，於是我窩在另一個房間依序看完四冊。

我戰慄不已。

彷彿她寫的那些話纏繞了上來，我頭暈腦脹什麼也不能思考。

等我回到客廳，岳父、岳母、英實子全都低著頭不肯看我。就像是我看手記的這兩個鐘頭當中，三人都不發一語，也沒動過，彷彿變成石像蹲踞在原地。

實際上，過了一會才開口的英實子的聲音就像從緊鎖的喉頭勉強擠出似地，破碎尖銳。

「不能讓她繼續跟孩子在一起。」

英實子說。

岳父岳母依舊沉默不語。

我想他們早已有了某種結論。只是太害怕承認，於是三人各自在內心不斷自問自答。

剛才我也對你說過吧，就當時的狀況判斷，美紗子不可能想對你下手。

我現在當然很清楚那點，但當時剛看完手記已完全喪失平常心，有種以爲手記所寫的事眞的發生的錯覺。我心想她這次雖然失敗，但改天說不定眞的會下手。

況且，她另外殺死好幾人的事，以及最主要的公園那起事件，我當然都不可能接受。

「我猶豫了很久，不知該不該讓你看，或者我們一家三口自己解決比較好。」

明明是在對我說話，岳父卻還是不看我。

「但是，那畢竟不可能。一想到那個孩子，不管要怎麼做，都需要你的配合。」

「什麼怎麼做？你們打算做什麼？」

我只是自動反問，其實腦袋仍處於麻痺狀態。

「讓她去自首才是道理，我們不是沒有這麼想過。」

岳母痛哭失聲。

「絕對不行。我不是說過很多次了嗎？如果那樣做，那孩子眞的會瘋掉。」

手記裡反覆提及她對囚禁在狹小空間的恐懼。

大概是幽閉恐懼症吧，她平時連電梯都不敢搭，也討厭地下道和地下鐵。所以長期坐牢恐怕是最殘酷的拷問，她的父母與妹妹都很清楚這點。

「她要是當時被水沖走淹死就好了，這樣的話，也不會這麼——」

這時再次打雷，突然停電了。

黑暗中，暫時看不見任何人的臉，卻也沒人想起身去拿手電筒。

「這樣的話，也不會讓大家捲入這麼異常的事。如果她死了，我不僅不會告訴姊夫，甚至也不會告訴爸媽，自己就可以偷偷把手記處理掉了。——那個人已經不是我姊姊，那種殺人兇手根本不是我們家的人。」

雖然在黑暗中看不清表情，但隨著越說越多，英實子的聲音開始帶著破罐子破摔的大膽。

然後開始了異常的家庭會議。

每個人內心的想法，宛如被黑暗觸發，自口中源源不斷地溢出。

甚至不知道究竟是某人在對某人說，或者只是自言自語。

——到底要怎麼負責——不能這樣什麼都不做——那是不能原諒的——反正是死刑——太可憐——那麼至少我們自己動手——就算是為了做到最低限度的道義——剩下的我們——想到被美紗子害死的那些人——一輩子該背負的罪——

每張臉孔都像扁平雪白的面具浮現在黑暗中。

我已經很長一段時間沒有好好睡過覺，所以雖是這種場合，卻幾乎無法抵抗睡意。

我好想倒頭大睡，什麼都不想，什麼都感覺不到地消失。

當時在明亮的燈光下，大家圍著這張桌子熱鬧喝酒的情景恍然如夢重現腦海。

在把她救上河岸後，我應該讓她就那樣死了才對，我不得不這麼想。那時候，她的眼裡明明充滿那種渴望地誘惑我。

「就這麼辦吧。只有這個辦法了，對吧，爸，這也是為了姊姊好。」

我記得英實子這麼說。

不知幾時房間的燈又重新亮了。

「那麼你們都同意吧，不會後悔吧。」

「怎麼可能不後悔？」

「就是啊，爸，問題是現在已經沒有不後悔便可解決的方法了。」

女人都已泣不成聲。

「——是啊，只能選擇後悔較少的方法讓她贖罪了。那麼，你也同意吧？」

我一時還沒察覺對方在問我，但是，我竟不可思議地理解對方在問什麼。

我不記得當時有沒有點頭。

大概點了吧，否則就不會發生之後的事情了。

出院那天，來接人的岳父母連扶帶抱地把美紗子帶上車走了。美紗子還是不開口。我要留下來收拾東西付醫藥費，隔著車窗，她直到最後都在看我。她那似乎什麼也看不見的烏黑濕濡的眼睛拚命注視我的模樣，至今仍烙印在我心頭。

我回到病房後，趴在洗臉台上吐出苦澀的胃液。之後，我在空蕩蕩的病床一屁股坐下，心裡想著，這樣是對的，不能讓那麼怪異的瑕疵品在這個世上繼續活著。我努力要自己這麼想。

最初那一夜，在公園突然問我時間的她，那瘦巴巴的落魄模樣不由自主浮現腦海。

從今以後，不管我活多久，恐怕都再也見不到那個有缺陷的女人了。而我，不管自己眼前還會出現多麼正常的女人，恐怕都不可能再有我對那瑕疵品懷抱的愛情了，這點我早已明白。

因此，我當然堅持要動手就由我自己動手，我很清楚那是美紗子的心願。

但是英實子勃然大怒。

「不能讓姊夫動手，那樣豈不是成了爲了滿足姊姊的心願才做這種事？這應該是爲了讓她替殺人贖罪才做的。」

她哭著這麼纏著我，不肯罷休。

雙眼血紅的英實子看起來有點失心瘋了。大概是因爲事發那晚，她在公寓發現手記，一個人滿懷不安地顫抖著看了內容，所以稍微失常也是情有可原吧。

況且，陷入失心瘋的人，不只是英實子。你也看了手記應該懂的。岳父母和我也是，看過手記的四人，都處於思考及感覺最深處遭到嚴重摧毀的狀態。那種脫離現實、卻又異樣生動的告白，令人暈眩。

我們就在那種情況下，進行了一連串行動。

就連平日溫厚的岳父也是，唯獨此刻頑固到底。

他說，我們自己收拾爛攤子。反正我們餘日不多正適合做這個差事，身爲父母就讓我們好好送她最後一程。然後他又說，想想孩子吧，如果讓你動手，會讓孩子一輩子背負著父親殺死母親的罪孽。我絕不容許這種事。對於最無辜的人，一定要盡可能保護才行。

但是——那些看來都只不過是藉口。縱使沒有任何人反對，我想我一定還是做不到。我不可能親手讓她斷氣。她渴望我做這種事，簡直是瘋了，她實在是莫名其妙地太高估我了。

聽說沿著那條河一直往上走，在深山裡有座小規模的水庫。

我先用安眠藥令她昏睡，再蒙住眼睛，捆綁手腳後沉入水庫湖底。身上還綁著石頭，以免屍體浮上水面。

當岳父把她的手提包與一束頭髮交給我時，他是這麼說的。

雖然事到如今說這種話也沒用，但單就想要盡可能保護最無辜的人——也就是你——這點而言，大家的立場一致。或許就是因爲只有這點堅定不移，我們才能勉強熬過。不管你與我有無血緣關係，如今那種事早已不是問題。

我自己，或許是因爲很早就失去父母，絕對不願讓你嘗到失去雙親或單親的悲痛。也盼望你永遠不知道母親是殺人兇手。

美紗子的妹妹英實子代替她成爲你母親，是在家族之間自然而然發生的狀況。我沒有這麼拜託過，也沒有人刻意提出。

只是我從以前就隱約察覺了英實子之所以一再換人交往是因爲我，她對我懷有不可告人的心思。

也許是因爲錯綜複雜地擁有那種情感，在美紗子的事情後，英實子越來越不穩定，情緒起伏相當激烈。她或許沒有意識到，但從她那無助的眼神中可以看出，她在向我求救。

視。

她們果然是姊妹。被她那樣凝視，我有時會陷入奇怪的錯覺，彷彿正被美紗子注

撇開那個不談，我也明白能夠徹底扮演你母親的女人，除了英實子別無他人。

你想想，我們四人等於是共犯。岳父母與英實子還有我，一生都得背負著同一樁虧心事，我們若要一起撫養你，讓英實子成爲你的母親是最自然的。不只是成爲母親，是化身爲美紗子本人。我們希望透過這麼做，讓你永遠不會發現你的親生母親是什麼人，她發生了什麼事。

英實子動搖得很厲害。一方面覺得捨棄自己的過往一切，以美紗子的身分、你母親的身分活下去是對姊姊的補償；同時又懷疑自己會這麼想，或許只是想跟我在一起的藉口，因此她似乎非常苦惱。

但是最後，英實子還是選擇化身爲姊姊。面對必須保護最無辜的人這個最根本的道理，她只能老實服從。我想，她一定領悟到就算再怎麼苦惱，也不可能有結論吧。

你住院的時間超乎預期地延長。肺炎好不容易好轉後，不知爲何卻又扁桃腺發炎，耳朵與鼻子也相繼發炎，不是這裡就是那裡出毛病。就某種角度而言，對我們倒是好事。

我們搬到誰也不認識的陌生土地，英實子開始扮演美紗子。

因爲是姊妹，所以她們的五官本來就很像。英實子絕食讓自己瘦到與美紗子同樣程度，也換了髮型，你對住院前的事，甚至連幾乎溺水的事似乎都忘了，所以我本來以爲

你應該不會發現——

過了很久以後，我們才報警請求尋找失蹤的英實子。

我們把你還是嬰兒時，美紗子臉頰較豐腴的照片謊稱是英實子，與文件一同交出。我們找的是盡可能誰都不像的照片。不過離家出走這種小事，警方不可能有什麼動作，所以也沒必要做到那種地步。

對不起，今天就到此爲止。我幾年都告訴你了，況且我的體力也無法再撐下去。

我很遺憾。我本來希望你只記得現在這個媽媽的慈愛。雖然無法理性說明，但現在的媽媽體內也存在著美紗子一部分。你不這麼覺得嗎？

枉費我們還特地捏造火災，把過去的照片全都銷毀，偏偏就是沒扔掉收藏她頭髮的手提包與手記。眞是的，爲何做那種事呢？

我本來想趁著自己死前處理掉才把它找出來，卻忍不住一拖再拖——結果被你偶然發現，這或許也是某種天意吧。

父親看起來真的是精疲力盡，臉色青黑，幾近死人。

我沒說任何安慰父親的話，直接下了樓走出家門。

我的雙腿顫抖，我應該早已料到生母不在人世。即使如此，親耳聽到父親說明實際發生了什麼，還是帶給我超乎預期的猛烈衝擊。

而且我與父親甚至沒有血緣關係，我的親生父親是個買下母親身體不知來歷的路過男子。

自己被陷害了的念頭勝過一切，雖然終於得知真相，卻沒有絲毫的滿足感。

我不知自己是否感到憤怒。就算有這種感覺，與其說是針對父親或其他人，不如說是針對我自己的憤怒。

我憤怒的是自己一無所知，也沒想過要知道，傻呼呼地活到今天，我憤怒的是只有自己沒有付出任何代價。

當時的我的確不過是個幼童。但就算是小孩，起碼也有一樣——哪怕只是微不足道的抵抗——能為母親做的事吧。

要是我住院時，發狂似地又哭又叫吵著要見媽媽就好了，要是我沒有那麼輕易喪失住院前的記憶就好了。至少，要是我對母親被人調包的事，能夠更堅持地如此主張就好了——

我幾乎不記得自己是走哪條路去車站，又是怎麼回到店裡的。

終於找回自我，是在我佇立在沒開燈的房間窗口，茫然眺望野外區時。

我無法擺脫自己對母親見死不救的心情。

一隻狗也沒有的夜晚野外區空曠無垠，宛如一汪黑水的湖面。被人蒙起眼睛綁住手腳就這樣溺斃，會是什麼感覺呢？

我看見口吐泡沫，扭著無法動彈的身體緩緩下沉的母親。無止無盡，想必會永遠在我體內下沉的母親，周遭一切都不斷地氤氳模糊。

一定很痛苦吧，亦或還來不及察覺發生什麼就已氣絕了呢？

——因為是殺人兇手，所以沒辦法。

這句話突然浮現腦海。不知是不是自己想的，簡直像有誰在我耳邊低語。

然而，那是我自己說的話，是每次在報上看到死刑犯行刑，幾乎毫無抵抗地浮現心頭的話。因為是殺人兇手所以沒辦法，殺死殺人兇手不算是殺人兇手。

殺了人的母親，因為是殺人兇手，所以被捆住手腳丟進水庫的母親。還有，除了是個會買春的男人以外，無論長相、出身背景、是生是死、一切都無從得知的我的父親。

我感到在我體內，兩人的血液一邊融合一邊咕嘟冒泡。因這種血液而誕生的我，究竟是什麼人？

冰冷的顫抖從膝蓋爬上腰部。在我內心深處，過去從未意識到的不明黑暗，似乎正深刻沉重地侵蝕著我。

14

第三天是週二，細谷小姐再次去找千繪的父母。

毛毛頭除了中元節及新年以外不公休，所以員工會輪流排休每月休六次假，細谷小姐這週的排休日就是週二。

一早就很悶熱，不論何時下雨都不足為奇的陰天持續了一整日。結果卻一滴雨也沒下，但店裡生意冷清。

在野外區徘徊的幾隻狗，也不像平日那麼活潑。他們畢竟有一身脫不掉的毛皮大衣，最怕濕度高的天氣。

這種日子的狗會隱約散發出狗臭味。那智皺起臉嚷嚷著「好臭、好臭。」一下子把窗戶全開，等到空調失效又再次關窗，如此一再重覆。但是我不知為何還挺喜歡這種略帶焦臭的氣味。

一閒下來果然很難集中精神，再加上連續多日失眠，我一再強忍呵欠。

我當然不是不期待關於千繪的新線索，不過猶如這天天空的灰色倦怠沉甸甸地籠罩大腦，令所有的感情都遲鈍了起來。

自從聽了父親的敘述後，我對一切都變得自暴自棄。千繪已去了我鞭長莫及的地方，她不會再回來了，我開始這麼想。

難道不是嗎？她若真想見我，就算背著丈夫應該也會來見我吧。她連一次也沒來的事實已經表明了她的態度。既然她不想見我，就算細谷小姐成功打聽出她的下落，我也不能拿她怎樣。

有時我發現，自己似乎把千繪當成已經死掉的人加以看待，就像母親。母親與千繪不知不覺就像一種悲痛融合在一起，彷彿我再也無法只為其中一人悲痛，感覺很詭異。

我心不在焉，只是表面上動作俐落地擦桌子、找零錢，就這樣倒也還是把時間打發過去了。

傍晚，趁著沒客人我比平時提早三十分鐘打烊，這是我第一次這麼做。

那智與工讀生大喜過望，飛也似地離開。我在馬克杯倒滿咖啡，喝完以後，照例茫然支肘呆坐桌前。

縱使再怎麼掩飾，這種獨處的時刻，總有難耐的空虛陰魂不散地糾纏。伴隨黑夜來臨的山中靜謐也潛入建築物後，連自己此時「在」這裡的感覺似乎也漸漸稀薄。

我懶洋洋地托腮，不時忍不住打盹，卻連起身上二樓都懶得動。

到底過了多久？一陣上坡而來的引擎聲後，店前傳來停車的動靜。

我終於起身打開正面大門，穿著筆挺套裝的細谷小姐，正從計程車下來。

當我正要過去時，只見細谷小姐伸出的手被抓住，又有一人走出車子。

我當下就知道是千繪，腦袋卻慢了一秒左右才承認。

在那一秒之間，我彷彿看見年輕的母親拖著傷痕累累的身體在夜晚的公園徘徊，千繪就是瘦到那種地步。蒼白的臉上顴骨突出，脖子也細得令人驚愕。

我什麼也無法思考。只是身體反射性地行動。我跑到她身旁，像對待易碎物品般，她抱入懷裡，一眼便可看出她是真的即將崩壞了。

「千繪——」

我的喉頭堵住無法成聲。

千繪就像木偶，既不躲，也不回抱我，但那樣也好。只要能這樣抱住活生生的千繪，其他的事都不重要。
過了很久之後，木偶終於開了口，冒出話語。
「對不起。」
那是可憐的、幾乎低不可聞的聲音。
面對這個令人心痛的女子，我甚至不知該如何讓她安心。驟然湧現的強烈情感幾乎令我窒息，但是為了不嚇到千繪，我只是稍微用力地抓住她的手臂。
「別再離開我了。」
我吞吞吐吐半天，最後只說出這麼一句。

我扶著她一步一踉蹌的身體走上門口的台階。
店內，在套裝罩上圍裙的細谷小姐正在忙碌，轉眼之間蛋包飯與沙拉已放在桌上。
「只能弄出這點東西，總之先填填肚子再說。不只是千繪，店長也像病人一樣。」
細谷小姐以牛奶煮了麵包，弄了看起來像是奶粥的東西放在千繪面前。
「這個應該比較好消化。」
千繪一逕低著眼，說聲謝謝。
「這孩子得了重感冒，就像店長看到的，才剛病好呢。」
我曖昧地點點頭。區區感冒不可能讓她變化這麼大。我有很多想問的事，但現在不是時候。

看著似乎沒什麼胃口，卻還是把奶粥吹涼送進嘴裡的千繪，我有種今後什麼也不追問，只想讓她就此安靜過日子的衝動。

彷彿察覺了我這種心情，細谷小姐說：

「煩人的事明天再說，吃完飯立刻讓她休息比較好，今晚她待在這裡應該也無妨。好了，店長也趕快吃吧。」

被她這麼一說，我也吃了一口蛋包飯。半熟的雞蛋在舌上融化，我突然發現自己有多餓，轉眼間就把一整盤都吃光了。

細谷小姐臨走時，交給我幾個千繪的藥袋，並且一一說明用法。她似乎在多家醫院都拿了藥，其中也包括了安眠藥與抗鬱劑。我被藥品種類之多嚇到，頓感不安。雖然還不了解箇中原委，卻同時對身為千繪丈夫的男人感到強烈的憎惡。

15

看似陰霾卻又不下雨的天氣終於轉壞，翌晨是道地的雨天。

我提早下樓到店裡準備咖啡，細谷小姐準時在七點抵達。她是開著昨晚開走的店用車來的，所以幸好沒怎麼淋到雨。

千繪還在二樓睡覺。

夜裡她一度醒來，開始簌簌發抖，怎麼也睡不著，所以我給她吃了一顆安眠藥，拍背安撫她。

除了必要事項，我們幾乎不開口。以前幸福時，即使幾小時不開口也能坦然相處的那種自然，即便在如今經歷一切之後，依舊留在我們之間，說來還真不可思議。

「我當時嚇了一跳，沒想到千繪本人會在。我費了半天唇舌才說服她爸媽，最後等於是用搶的把人帶回來。至於千繪自己，店長也看到了，幾乎完全沒有自己的主張。」

細谷小姐眼鏡後面的雙眼通紅。她的休假泡湯，今天也一大清早就趕來，不可能不累，但細谷小姐的語氣讓人完全感覺不到她的疲倦。

我滿心歉疚，甚至無法簡單說聲對不起。

已有肺炎的跡象經醫師指示需要絕對靜養的千繪，據說是在大約一週前被丈夫帶回娘家，說好週五會來接她。週五也就是後天。

「總之，得把千繪找個地方藏起來。對方應該也知道這間店的事了。」

然後細谷小姐把她從千繪及千繪父母那裡陸續聽說的事實告訴我。

千繪的丈夫名叫塩見哲治。

她本就好賭，公司破產生活也有困難後，更是變本加厲。同時也開始沉溺酒精，每天喝醉後，只因千繪近在身旁就對她動粗。

這是典型的墮落模式，太過典型，反而顯得不真實。

「結婚當時的塩見有他的溫柔之處，千繪的父母也需要仰賴他。所以千繪好像也以為他遲早會收斂，自己一邊工作一邊維持家計地忍了好幾年。不過聽說她被打得很厲害，還曾經肋骨斷裂，牙齒都掉了。」

腦門彈起一團白光，一瞬間我什麼都看不見，也聽不見細谷小姐的聲音。過去的我其實並不知道憤怒為何物，至少，我從來不曾對誰產生這麼犀利的怒氣。

「大約兩年前，她終於受不了，帶著偷偷存下的一點錢逃走了。她知道塩見一定會去她的娘家找她，所以也不敢把她的去處通知父母。過了一陣子，當她確定可以在我們店裡工作時，她說她好開心。」

我想起千繪在店裡出現毛遂自薦時，那種有點不安定的神情。當時就是那奇妙的不安定感，強烈撩動了我的心。

「可是久而久之，千繪大概也掉以輕心了。平安度過一年半後，她覺得已經安全了，於是打電話回娘家。可能是一想到父母在擔心就按捺不住吧。雖然她沒有透露具體的住址，但她大概提到在奈良過得很好，目前在於附帶犬隻運動場的咖啡店工作。」

細谷小姐暫時打住，微微嘆了一口氣。唯有這時，放鬆的表情滲出難以掩飾的疲憊。

「詳情我不清楚，但千繪娘家的房子，好像是塩見出錢替他們把老房子翻修改建。而且，她母親有段時間還迷上聽都沒聽過的某新興宗教，捐給那個組織的大量金錢也是向塩見借的。因為有這樣的原因，所以她父母在塩見面前都抬不起頭。塩見一再上門追討借款，又追根究柢地追問千繪的下落，所以她父母忍不住透露千繪打過電話。」

我漸漸猜到內情了，卻依舊沈默，豎起耳朵不放過細谷小姐的一字一句。

「千繪雖然沒說住址，但奈良縣內附帶犬隻運動場的咖啡店並不多。塩見只要一家一家調查，遲早還是找到這裡了。」

沒錯，從店外某處應該也可看見千繪在野外工作的身影。想到塩見或許曾經來過毛毛頭附近，憤怒再度令我頭暈目眩。

「她說對方是突然出現的。她晚上下班回去，就看到塩見倚著公寓的門。一見到她，就拚命哀求她說如果他不還錢會被殺，叫千繪救他。」

「就算如此，她也犯不著聽他的。」

我忽然再也無法壓抑，忍不住小聲叫出來。

細谷小姐凝視著我，半天沒開口。當她再度說話時，語氣變得比較和緩。

「塩見在被流氓逼迫的過程中，自己也變得像流氓一樣。恫嚇起千繪大概也很老練，知道掐住她最大的弱點吧。」

我等著下文，但她卻停了下來，我只好主動發問催促她。

「弱點？是指她的父母吧？」

「應該也是。據說他語帶威脅，說要讓來找自己的流氓也去找她父母。他說都是因為借給千繪爸媽大筆款子，就算是為了給個教訓也要讓人去催討。不過，重點是塩見已經察覺店長你和千繪的事了。」

「可惡，他怎麼會連那個都知道？」

「他肯定是說搶人家老婆的傢伙絕對不能放過，類似這種會危害店長安危的話。然後，還有照片——對，那件事大概讓她最難受吧。」

「什麼照片？」

「我也不清楚，好像是威脅她要寄什麼見不得人的照片給店長。」

我們兩人都陷入沉默。

關於這件事，我已不想再聽下去了，但是我必須知道。

「妳沒聽說千繪以前與塩見生活時，是做什麼工作嗎？」

「對，我不清楚具體的狀況。不過，我猜不想讓店長看到的照片，多少和那份工作有關。」

我很輕易便可想像是哪種照片。

我忽然很想哭，我不想讓細谷小姐看到我的嘴唇顫抖。我的眼前浮現了不特定多數的男人，一邊打量千繪被迫擺出猥褻姿勢的照片，一邊自慰的情景。

「她只能像原先那樣，繼續當塩見的傀儡。就算塩見命令她向你騙取大筆金錢，也不敢違抗。我沒問具體情形，不過看她憔悴成那樣，肯定被當成搖錢樹逼她做牛做馬吧。」

「我要殺了他。」

說完自己也愣了一下，同時也感到某種近乎歡愉的感受竄過全身。

細谷小姐皺起眉頭，冷漠地凝視我。

「店長不該有這種想法。」

「不然到底該怎麼辦？難道要報警嗎？」

就算報警，也只不過是治標不治本的你追我躲的遊戲，細谷小姐想必也明白這點。

「不管怎樣，一旦得知千繪消失，塩見必然會來找我。」

我並沒有足以稱為決心的想法，只是自然而然地就這麼決定了，我要把塩見引過來殺了他。否則，我肯定會被自己這股怒氣活活吞沒。

我沒能保護母親，所以這次無論如何至少得保護千繪。

「他說不定會直接找來這裡，塩見好像也已經被逼得走投無路了，所以必須盡快把千繪換個地方安置。」

如果知道我的體內流著殺人者的血，眼前這位親切的女士不知會說什麼。我驀然閃過這個念頭。

想像拿利刃戳進塩見身體的那一瞬間，頓時湧現麻痺般的昂揚感。就用這隻手，戳進他的心臟——

我有自信辦得到。在洶湧的憤怒之中，對自己血統的厭惡感已不翼而飛。雖然直到剛才為止，我壓根沒想過會以這種方式，接受自己身為母親兒子的事實。若是父親，搞不好又會說什麼命運注定或天意安排之類的話。不過實際上，連我自己，也不得不感到事情演變至此的確是宿命。

若就邏輯上考量，當然與血緣什麼的根本不相干。不只是我，也許人人心底都藏著一個殺人者，只是在默默等待條件齊全被喚醒的那一刻，否則這世上也不至於發生大屠殺或戰爭了。這才想起，好像在某本書上看過，據說在沒有戰爭的時代，總會有更多毫無理由的殺人事件。

「店長，總之得趕緊決定要怎麼做，已經到了大家上班的時間了。」

被她這麼一說，我看向牆上的時鐘，距離九點開店不到三十分鐘了。千繪也差不多該醒了。

一旦要實際做決定，就發現沒有太多選項可容我遲疑。雖然我強烈地不願千繪離開我身邊，但我只能依賴自告奮勇願意照顧千繪的細谷小姐。

我知道這種天氣生意一定很清閒，所以決定今天下午就請細谷小姐帶她回去，這兩三天之內細谷小姐就暫時休假，替我守在千繪的身旁。

正在商量細谷小姐休假期間該怎麼排班表時，那智道聲早安進來了。細谷小姐立刻像要攏絡他似地，開始暗示要追加上班天數，我趁這時候端著放早餐的托盤去找千繪。

令我吃驚的是千繪竟然還在睡。

我有點擔心是否藥效過強，但她的呼吸與表情都很平穩。

也許是在做夢，只見她合起的眼皮底下，眼珠子動來動去，睫毛也在顫動。最後一抹淡淡的笑意，好似替尖削的顴骨覆上輕紗般地在臉上擴大。彷彿她知道我就站在這裡，所以朝我嫣然一笑。

不管她過去遭遇過什麼，做過哪種工作，總之她已經回來了，這樣就好。看著她的睡臉，我心裡只有這個想法。不如說她能夠克服不尋常的辛苦走到今天一事，更值得慰勞。

我的母親也曾是妓女，想到這裡，不知何故，命運這個字眼再度浮現腦海。

中午過後，雨勢依然未歇。

會在這種日子上門的無聊客人，多半是彼此都很熟的老主顧，他們會隔著桌子一邊悠哉地互相炫耀自家小狗順便閒話家常，一邊在店裡坐上很久。狗狗也早已習慣，彷彿對憂鬱的雨天莫可奈何，懶洋洋地趴在地板上。每當飼主之間哄然響起笑聲時，狗狗也會給個面子地稍微搖搖尾巴附和。

就在這安詳慵懶的沙龍氣氛中，我卻滿腦子一直在思考該怎麼殺死塩見。

與父親相遇後的母親再沒殺過人。

但我不同，若是未與千繪相遇，我體內的殺人者想必不會覺醒，一生都不可能殺人。

這將是我第一次也是最後一次殺人。我要殺死塩見這個男人來保護千繪。我要拋開過去那個事事優柔寡斷的自己，脫胎換骨成為一個配得上千繪、洋溢生命力的強大男人。殺死塩見就是為達成那個目標的必經儀式。能夠順利完成，也等於在真正的意義上接納，自己身為母親之子的這個事實。因此，無論如何都非殺不可。

當然，事成之後，我可不想被捕。若是那樣，根本不可能給千繪幸福。因此為了慎重準備與計畫，我需要一點緩衝時間。

塩見應該是後天去千繪位於岡山的娘家接她，因此我暗自期待，至少能在那之前爭取一點時間。

但是，我似乎太天真了。

不知是打電話，還是親自去看過，總之塩見好像當天就已知道千繪不在父母身邊了。

午間一點剛過，我們就早早有了接觸。

他不是打店裡的電話，打的是細谷小姐的手機，想必是從千繪父母那裡問出的號碼。

工作時細谷小姐的手機難得響起，而且她把手機貼到耳邊才說聲，「喂，」便目光一冷，因此我立刻就猜到了。

「對，沒錯。」

她朝我使個眼色後，走到露台上。

正在逗弄黑巴哥犬克拉奇同時陪客人閒聊的那智面露詫異地看向我們，但我置之不理，跟在細谷小姐後面走去。

「不，那不可能，她還在生病——不是的——那跟您無關——」

我也不管衣服會濕，從欄杆探出身子環視四周。我總覺得塩見就在這附近，但只見灰色的樹木任由風吹雨打，卻不見任何人影。

她一再應聲稱是。

每當風吹過，霧狀的細小雨滴便跟著飄來露台，頭髮與衣服轉眼便帶著濕氣，也滲出不快的汗水。

我煩躁地原地跺步。很想從細谷小姐手裡一把搶過電話，直接與塩見對話。那股衝動恐怕無法壓抑太久。

「請明確說出要多少——可是——那恐怕辦不到，最好是今天說今天就能提領的金額——是——我知道了——我會轉告，是——底片也會一起交還吧——就這麼辦——那麼，幾點過去比較方便？」

對話突然結束，我望著細谷小姐從耳邊拿開的電話愣了半晌。

「他好像已經被逼急了。他說如果不馬上還點錢就會被殺。他已經嚇得講話都結結巴巴了，我想應該不是在作戲。」

「千繪的事他怎麼說？」

「他叫我轉告店長說他知道人在店裡，遲早會來談判。不管怎樣，他要求我們先買下千繪不可告人的照片與底片。若是真的，底片等於是搖錢樹，他應該不會那麼輕易放手，不過我感覺他現在好像只想盡快弄到錢。」

「他說要多少？」

「他開價三百萬，我說一時之間籌不出那麼多，他就說第一次先給一百萬也行。聽他的語氣好像已從千繪那裡聽說，之前店長被騙了兩百萬後，現在已經一毛不剩了。他當然不會就此罷休。就他特地聲明第一次看來，今後，顯然不管是逼店長向親友或地下錢莊借錢，或者拿這間店去抵押，他都會像吸血蟲一樣勒索店長。現在只是湊巧連這麼做的時間都沒有吧。」

「一百萬嗎？」

「今晚，他說必須把錢拿去環山道前方的展望台。」

窩囊的是我連這點錢都沒有。

除了向父親借，我想不出別的方法。想到之前聽完關於母親的真相後，我不發一語走出家門，實在有點心虛，但如今已無暇煩惱那種事了。只要打電話請父親現在立刻匯錢，時間上應該勉強來得及。

我正在忙碌思考之際，細谷小姐說出驚人的發言。

「店長，那筆錢，塩見是叫我拿去，不是叫店長。」

「妳說什麼！怎麼會扯上妳？」

細谷小姐看似有點困惑，但臉上並無怯色。

「若單純考量，比起讓男人赴約，還是應付一個力氣不大的弱女子比較妥當吧。就結婚照片看來，塩見是個比千繪還矮小，看起來很不健康的男人。況且，他一定是想，如果店長實在籌不出一百萬，起碼還有我可以想想辦法。」

原來那傢伙是因為這種理由，才直接打電話給細谷小姐嗎？真是卑鄙小人。

「媽的，他以為我真的會乖乖聽話嗎？」

怒火滾滾沸騰。

「請冷靜。現在最重要的是要拿回底片，所以姑且還是先照他說的做吧。區區一百萬，我也可以立刻準備。」

「我不能厚著臉皮依賴妳到那種地步，我打算向我父親借錢。」

「既然這樣，那店長事後借到錢，再還給我不也一樣嗎？現在就連向令尊說明事情原委的時間，都浪費不得。」

「可是，那樣的話——」

「按照常理，他不可能為了那麼一點錢，就連底片都交出來，但是塩見現在似乎已急到不管三七二十一了，所以事情說不定會意外順利。這個角度來看，對我們來說也是機會。」

我已經不知該說什麼才好了。細谷小姐只因為把千繪當成自己女兒疼愛，竟然讓自己被拖累到如此地步。

「謝謝，真的是，這麼——」

細谷小姐打斷我，不容分說地催促我：

「好了，別在這種地方拖拖拉拉了，快點行動吧。把錢領出來，帶走千繪，雖說今天客人少，但店裡這邊也不能輕忽。」

「等一下，有件事我想說清楚。展望台由我去，可以吧？他叫我們今晚幾點到？」

唯獨這點我絕不妥協，如果不自己去就殺不了塩見。我會準備好一百萬，但我不打算讓塩見碰那筆錢。

「十點，不過塩見以為是我去。」

「只要我們乖乖把錢給他，他應該不會有意見，因為他現在迫切需要一百萬應急。所以我去，叫我讓妳去，那絕對辦不到。」

細谷小姐考慮了一下，最後點了點頭。

「其實，這樣我也鬆了一口氣，我畢竟還是會怕。」

16

我在八點半離開店裡。

雲層覆蓋不見月亮，幸好傍晚雨已停了。我拿手電筒照亮潮濕的山路，注意著腳下一步又一步地走上去。

對方指定的展望台離山頂還有一段路，不過蜿蜒的環山道路以此為終點。

如果沿著一般登山客也不太清楚的細小山路走過去，從店裡到那個展望台不用一小時。

其實我本來希望有更多時間好好擬定計畫，可惜沒辦法。

斜背的肩背包裡裝著細谷小姐給我的一百萬，以及從廚房拿的長刃菜刀、預期會被濺到血，所以用來替換的一套乾淨衣服和球鞋，還有其他幾樣瑣碎物品。另外，休閒褲口袋裡放著我用慣的折疊式登山刀。

接到塩見的電話後，細谷小姐立刻去車站前領錢，這段時間我把大略經過告訴千繪，讓她準備出門。不知是睡太多還是藥物所致，看起來有點茫然失神的千繪，順從得像個小可憐。

若被那智看到肯定會一陣大亂，所以我從露天樓梯偷偷把千繪弄下樓。

我阻止想叫計程車的細谷小姐。決定讓她開店裡的車，是因為在她照顧千繪的數日當中，有車應該會比較方便。平時我們盡量不拿店裡的車來處理私事，但現在畢竟情況不同。

我告訴她打算徒步上展望台，細谷小姐似乎有點驚訝。但是她倒也沒追問原因，只是一臉認真地叫我務必小心。

我當然不可能開著印有毛毛頭醒目商標的車子去殺人。就算在欠缺充分準備的情況下倉促動手，還是得小心排除目擊者及指紋、腳印之類的痕跡。

雖然談不上計畫，但我好歹還是想了一個大概的劇本。

坐進塩見車子的副駕駛座，在車內刺殺他是最理想的方式。趁其不備，緊靠他身旁可以戳得很深，屍體也能直接運往任何地方。所以我只能徒步前往展望台。

如何善後，也是大問題。是連人帶車沉入大阪灣？還是該讓車子從某個斷崖翻落谷底？我想了一大堆電影及小說常見的方法。最後的結論是，利用塩見的現狀，讓人以為他是因為與流氓的金錢糾紛，才被人幹掉是最佳方案。

若是這樣就簡單了。只要在街上找個看起來就像流氓會做這種事的地方，把屍體與車子扔在那邊就行了。

話雖如此，事情不見得會照劇本進行。要在車內殺人，就得先安排好在車內交換錢和底片，但對方不見得會乖乖上當。

最重要的，是保持無論發生任何事，都能靈活應變隨機處理的冷靜。

我按照計算於九點二十五分抵達展望台邊。

關掉手電筒，自包裡取出菜刀，拿毛巾裹好插在皮帶後腰。噴濺的血液也許會沾到頭髮上，所以我戴了黑色毛線帽。

近似小雨的夜霧瀰漫，唯一一盞照明燈與自動販賣機的光線朦朧不清。

這個季節，天氣好的夜晚常有情侶來看夜景的車子四處停放。但是，陰霾的今夜，只有對面邊上停著一輛車。

根據細谷小姐在電話中聽到的，塩見的車子是銀灰色房車，車牌的第一個數字是八，從我這裡無法確認是否就是那輛車。看似銀色，那顏色又似白色，況且，距離約定時間還有三十分鐘以上。

或許果然還是為求兩人世界，而躲到這裡的情侶開的車。即使真是這樣，塩見肯定也會把車停在充分遠離之處，所以下手應該不成問題。不如說有別人在場，反而可以成為騙他在車內交易的好藉口。

我這麼想著，走近車子。

車子似乎一直沒熄火，霧中的汽車廢氣刺鼻。我並不害怕，鎮定得連自己都感到不可思議。充斥全身的緊張感，甚至令我感到爽快。

我蹲在車後打開手電筒。車身的確是銀灰色，車牌的四位數字以八開頭。

我站起來，保持著安全距離繞到副駕駛座那頭。

情況不對勁。

車裡的人不可能沒注意到我，我卻感覺不到對方的視線。引擎仍在低聲咆哮，但漆黑的車內似乎空無一人。不僅如此，某種更根本的異常似乎自汽車全體飄散出來。

我小心翼翼地接近，隔著玻璃拿手電筒照亮車內。

果然沒人。

塩見該不會下了車，躲在附近的草叢裡準備伺機攻擊我？該不會是被千繪給人搶走的妒火激得發狂，也打算殺了我？這樣的念頭閃過腦海，這時我發現微弱的光圈中看似陰影之物，其實是深色的污漬。駕駛座的椅墊被染得斑駁。

為了更仔細看清楚，我不敢大意地提高警覺，繞到另一頭。

然後把手電筒夾在腋下，套上事先準備的手套。

隔著玻璃，可以看到車鑰匙依然插著。車門沒上鎖。拉開的同時也亮起小燈，一股令人作嘔的腥臭味猛然向我撲面而來。

血多得驚人。不只是椅墊，車底的橡膠墊也有一灘血都要溢出來了。流了這麼多的血，連我都知道那個人不可能還活著。正如我之前盤算的計畫，那人應該是坐在駕駛座上，被人朝胸口與腹部刺了好幾刀。噴在玻璃上的血跡還是濕的，距離慘劇發生應該還不到一小時。

比起恐懼，我內心的失望更是強烈。

我呆立原地，半是認真地思考，難道是我的分身在不知不覺中，自我體內鑽出殺死了塩見嗎？

那當然是不可能的事。

我覺得異常失落。不，不只是失落，甚至像是遭到惡意詐騙失去了無法取代的珍寶。

事先蓄積的力量無處發洩。情緒的依靠，我的百合心，突然遭人奪走。我到底該如何是好？

如果塩見的屍體留在這裡，我肯定會毫不猶豫地從腰上拔出菜刀，不停地戳刺他。殺塩見對我來說，是絕對必要的。為了讓我對母親的感情做個了斷，為了脫胎換骨，為了與千繪一同攜手共度未來——

結果，我做了什麼？我跳上了血淋淋的車子，也不管鞋底一片濕滑就踩下油門。我握緊方向盤慌張轉向，不知該拿心跳急促欲裂的心臟怎麼辦，一邊沿著彎道特多的環山道盡可能以最快的速度駛下山。換言之，我直接執行了原本擬定的殺害塩見後的行動計畫，就像自己真的親手殺死塩見那般。

我沒有其他方法。

雖然明知似乎已被我原本打算栽贓的流氓搶先下手，但叫我什麼也不做，把車子扔在這裡，自己傻呼呼地下山，我實在做不到。

奔馳環山道的那二十分鐘內，路上一輛車也沒有。

途中，我實在受不了薰人欲嘔的臭味，把所有的窗子都搖下三分之一。我坐在猶如吸血海綿的椅墊上，所以濕衣服緊貼臀部與背部，白手套也染得烏黑。

我盡量選擇小路，在一般道路行駛了一陣子後，上了往大阪方向的高速道路。

皮膚被血濡濕，一邊呼吸著血腥味一邊疾駛之際，我漸漸沉醉在某種勝利感中。在這血淋淋的車內，要認定是自己殺死塩見，並不困難。我甚至覺得把菜刀用力捅進塩見肋骨之間的觸感，還鮮明地留在手上。

「很好——很好——很好！」

我大呼快哉，戴著手套的雙手啪啪猛拍方向盤。

我在湊町下了高速公路，因為只要稍微離開ＪＲ難波車站，那一帶意外冷清。

開到鐵道旁的那條路後，是頂多只有四、五層樓高的低矮辦公室建築林立的區域，這種時間幾乎不見人車經過。

不時出現架設在電線桿上的日光燈，使得街路看似黑白電影的畫面，我以低速行駛尋找棄車地點。

在行經只有那塊地方閃耀極彩色光芒的自動販賣機前，狹小的十字路口右邊，突然出現警車，令我心頭一驚。

其實並沒有擦撞，只是雙方都急踩煞車，然後我基於左方優先的原則先過了路口。我目不斜視地盯著前方慢慢開，卻總覺得這種天氣戴著毛線帽，會惹人懷疑。

行駛了一會兒，我才開始冒冷汗。

萬一警察叫我停車做個路邊臨檢，我就完了。

這一帶經常發生會上報的刑事案件，所以警方巡邏也特別賣力，絕對不能在路上繼續徘徊，導致再次遇上同一輛警車。

於是我開回鐵軌旁視野較佳的馬路，朝著車站的反方向繼續走。隨便找個地方越過平交道，這次稍微往車站的方向折返。

前方左邊出現一塊被鐵絲網圍起相當大的空地時，我毫不遲疑地把車開進去。幸好出入口沒有柵欄之類的東西。

我在空地內畫著小圈徐行，用車頭燈試著照亮四周。

雖有野草肆意亂長，但此地不是未經整理的空地，倒像是基礎工程做到一半就被棄置的建設工地。大量的水泥管及蕪雜的建材任由風吹日曬，也留有工地用的組合屋。

這一帶應該有很多這種隨著再開發而產生，卻找不到利用之道的地方，只是因為夜裡看不遠，沒有立刻發現。

堆放在一角的廢材中，不知何故也混了冰箱及電熱壺、塑膠衣物收納箱等物品，一旁，有一輛深色房車和一輛深色旅行車相對地停放。周遭的野草已高及車窗，可見這兩輛車應該也是被人棄置的吧。

正合我意。

我隨便鎖定一個方向，以車頭的保險桿撥開草叢，慎重地深入其間。

我搖起車窗熄火，走下車子。從後座取出肩背包，鎖上車門。

我一再深吸帶著青草香的戶外空氣。

血已乾涸如漿糊，連同衣服的布料一起貼在皮膚上，混合了我的汗味很難聞。現在我這副模樣，若是給洋平看見了，他不知會是什麼表情。突然冒出這種念頭，令我的雙唇扭曲，看來像是又哭又笑。

帽子、襯衫、長褲、內衣、鞋子，我脫下全身的衣物後，我把從店裡帶來裝在塑膠袋的二十條小毛巾全用來擦拭臉、手、身體。二十條不夠，但也沒辦法了。髒衣物我打算用店裡的焚化爐燒掉，所以先揉成一堆塞進垃圾袋。

穿上帶來的替換衣物，套上乾淨的球鞋後，感覺比較舒服了。

細谷小姐應該還在等結果，我得趕緊打電話給她，時間早已過了十一點。

這個地方靠近鐵路，通話中若有電車經過，恐怕會被她聽見，但我還是決定不管那麼多直接打電話。

「店長沒事吧！怎麼弄到這麼晚？」

細谷小姐的聲音前所未有地嚴厲。

「對不起，現在才連絡，結果塩見沒出現。我等到現在卻白費時間，緊張了半天，現在已經累壞了。」

我甚至無暇去感受撒謊之後的心虛。都已經到這個地步了，我還被自己真的殺死塩見的感覺支配著，照著之前的計畫行動。

「怎麼會那樣——到底是怎麼搞的？他不是很急著要錢嗎？」

「誰知道，也許他另外找到門路了。」

細谷小姐似乎思考了一會，最後放低聲調說：

「總之，我們這邊已經履行約定了，現在也不能再怎樣。我想他一定很快又會再提出什麼條件，只能先暫時等一等了。」

今後再也不會收到塩見的訊息，時間一久，想必細谷小姐和千繪自然會安心忘記。想到這裡，我頭一次閃過疑問，那真的是塩見的血嗎？

我把電話貼在耳邊，忍不住回頭眺望扔在被壓倒的雜草中的車子。

人不是我殺的，所以不得而知。理論上也不能百分之百排除塩見殺了追來的流氓，駕駛對方的車子逃走的可能性。

我如大夢初醒般地思考，如果真是這樣，自己等於是在幫塩見的犯行擦屁股。

我瞬間幾乎陷入慌亂，但我還是努力平靜地問：

「千繪現在怎麼樣了？」

「藥效發作，她睡得很熟。晚餐也都吃光了，身體一定會很快好起來。」

我再次拜託細谷小姐，按照預定再多照顧千繪幾天。如果這段期間一次也沒收到消息，那麼應該可以確認塩見的確死了吧。我雖然很在意沒拿回來的底片，但那莫可奈何。

「店長還在展望台嗎？」

正要掛斷電話時，她問道。

「對，我現在要下山了。」

「那麼，路上請小心。想太多也沒用，今晚還是泡個澡好好休息。」

「我會的，謝謝。」

我再次看時間，快十二點了。

雖然有點危險，如果全力衝刺，應該來得及趕上難波發車的最後一班電車。

17

我們又唐突地找回了平安。

正如我所料，過了五天，甚至十天，仍沒有塩見的消息。

每天都是炎熱的晴天，正午的三、四個小時連野外區都不見狗影。也因此，上午與接近傍晚時特別擁擠，放暑假的兒童也來了，所以店裡出現其他季節沒有的熱鬧盛況。

我特別留心報紙，但至今沒出現難波附近發現可疑車輛浴血的報導。

哪天若有人發現那輛車運氣不好去報了警，想必會查出是塩見的車，所以警方有可能會來找千繪這個戶籍上的妻子問話，甚至也可能來找我這個塩見妻子的外遇對象，但是我一點也不擔心。不管怎麼調查，他們應該都找不出任何線索。

不僅如此，就算哪天塩見浮屍大阪灣被人發現了也一樣，沒有任何證據足以將我們與案子扯上關係。

況且關於車子放在那個荒煙蔓草掩沒的場所中，不會引起注意。

我想像著在大熱天的車內，把千繪摧殘至此的男人流的血，被熱氣炙烤乾涸，像烏黑的煤焦油龜裂的情景。

不可思議的是竟有一種該做的事已經做到的成就感。

我知道，人不是我殺的。但是縱使沒有直接下手，卻也無法抹滅是自己強烈渴望殺人的意志力引起這個結果的感受。這與理性無關。我就是想要這麼想，也必須這麼想，哪怕是妄想又何妨。唯有那種血腥味，那黏在肌膚上的觸感，以一種鮮活的生理感受烙印在我的身體。

細谷小姐原本只休三天假，但最後到店裡放中元假期為止的那一週，都小心翼翼地把千繪留在她家。

最後那天晚上，我們在細谷小姐家吃了一頓帶有慶祝意味的一餐。

我一邊大嚼千繪手製的披薩，一邊對她們說，那個男人到現在都沒跟我們連絡，肯定是已經被流氓殺了。

看似尚未完全擺脫失神狀態的千繪，把剛端起的杯子又放回桌上，微微蹙起眉頭。

細谷小姐來回凝視著千繪與我之後，呼地吐出一口氣。

「也許吧，因為他當時真的嚇慌了，一定是沒時間來拿錢吧。──果然是那男人會有的可悲死法。」

然後，我們三人就此再沒提過塩見的事。

千繪的側腹及肩膀、大腿的淤青，雖已褪成黃色，恐怕還得好一段時間才能完全消除。

即使如此，千繪又像以前那樣開始化淡妝了。

五天休假期間，我們天天在樓下的廚房弄些特別費工夫的菜色。順便也把廚房平時來不及整理的角落全都打掃乾淨，接著把店裡門窗的玻璃全都仔細擦了一遍。

撇開料理不談，至少在中元假期裡，我很想暫時忘記店裡的窗戶玻璃，但是這樣努力做什麼時，千繪的心情似乎最安穩。

我們也曾一起聽著舒緩的音樂，那種時候，千繪多半聽到一半就睡著了。一旦睡著，大約會睡上兩小時，而且，夜裡不吃藥也能繼續熟睡。睡得越多，眼睛的顏色就越深，表情似乎也漸漸平穩。

除了討論做菜與打掃的步驟，我們仍舊沒怎麼談話。許多無法訴諸言語的事，透過些許動作及眼神自然地互相傳達，這招通常很管用。

或許有一天，我們會有一搭沒一搭地談起分隔兩地的期間發生過什麼，想些什麼。

即使如此，那也是很久之後的事。屆時，我想讓千繪知道我的母親，以及她寫的手記。但是，我肯定不會說那件事。千繪和細谷小姐都不該知道那場血淋淋的夜間兜風，那是只屬於我的秘密。

就在假期的最後一天晚上，我們重逢後頭一次親熱。

雙方都很緊張，動作很不自在。

千繪看起來似乎是要完成一項不可避免的手續。

「對不起。」

她以低不可聞的聲調說，開始發抖。

「你不會反感嗎？畢竟，我——」

我不想勉強行動，破壞兩人之間的溫柔平衡。可是，想要千繪的強烈欲望幾乎令我目眩，我不知該拿自己怎麼辦，深感手足無措。

我把她摟進懷中，撫著她的背，忍耐了很久。在她未停止顫抖前，一再對她低喃：「沒事了。」

沒事了。

我明知那是父親在頭一次結合的夜晚對母親低語的話，卻故意一再覆述，是因為我想不出這種時候還能說什麼。

沒事了。夜很長，不必心急。沒事了。我也像念咒般地告訴自己，輕輕將唇貼上千繪被淚水濡濕的唇。

難得下起雨，店裡生意清閒的這日，我打電話給洋平。

「是小亮啊，你一直沒打電話來，我還在想後來怎樣了呢。」

他的聲音很不高興，現在才上午，所以也許還在睡覺。

「既然如此，你先打給我不就行了。」

「我就是懶嘛。」

這傢伙還是一樣誠實。

原來洋平不是弟弟而是表弟，但是要在內心裡不再把他當弟弟，我終究做不到。不知道洋平又是怎麼想的。重點是，他是否已經察覺那個事實。

「前天，我去看過爸爸，本來想找你一起去。」

「你幹嘛不跟我說一聲？爸爸怎麼樣？」

「非常——非常瘦。我總覺得，我——」

我只應了一聲是嗎？也沒繼續說話。腦海浮現最後一次見面時，爸爸面色如土的臉孔。

「我把美雪——也帶去了。我想趁著爸爸精神還好時，讓他瞧瞧。」

他以沮喪的聲音說出意外發言。

「美雪？你說的美雪，是很久以前把你甩掉的那個咪雪嗎？」

「對呀，那還用說。」

「噢？」

「我上次去拿謄本時，在新幹線上遇到她。」

「噢。」

「她本來有事要去名古屋的親戚家，結果取消，跟我一起去了東京。她說從來沒坐過鴿子觀光巴士。」

「鴿子觀光巴士？」

原來這就叫做張口結舌。難怪洋平會突然說要留在東京過夜。

「那你坐過嗎，觀光巴士？」

「沒有。」

這個美雪，是弟弟上大學不久便交往的女孩子，是同一所大學的二年級學姐。對於意外晚熟的弟弟而言，是第一個女朋友。交往一年多後，我不清楚發生了什麼事，總之他們忽然不再見面，就這樣直到美雪先畢業。

「還有小亮，你剛才說美雪甩掉我，就跟你說是相反，是我甩掉美雪。都跟你講過多少次了。」

「噢，是嗎？可是你自己甩掉人家，卻還難過得留級一年啊。每次一喝酒，就哭喊著咪雪呀、咪雪的。」

「那是因為我發現，我是被她巧妙引導著甩掉她。」

「這樣通常就叫你被甩呀。」

「還有，我已經決定再也不喊她咪雪了，所以你也別再那樣喊了。」

「嗯——為什麼？」

「等你見到她就知道。她已經完全沒有咪雪那種感覺了。嗯——完全沒有。」

我所認識的美雪，並未生就一副這種名字容易聯想到的嬌美容貌。她的個子很矮，坦白說長得很醜。

第一次見面時，我有點困惑弟弟究竟是根據什麼標準來挑選第一個女友，但聊了一陣子後，困惑很快就轉為理解。美雪不僅頭腦聰明，在她身上，還有一種腦內彷彿正有感性的小魚在活蹦亂跳的獨特活力。

「怎樣都好，這次你可別再讓人家跑了。」

「嗯。」

本以為他理所當然會回嘴，沒想到他居然只嗯了一聲，真是令人驚訝。對於苦戀中的洋平來說，什麼手記或謄本的，想必根本無關緊要。或許有一天他會察覺什麼，但到時再說，我決定暫時不管。

「其實，我這邊也是，千繪回來了。」

「少騙人了！」

「誰騙你。不過她好像發生了很多事，改天有機會再慢慢告訴你。」

千繪自中元假期過後，又開始回到店裡上班。那智與工讀生都意外乾脆地接納了她。不過那智莫名其妙地說什麼「難怪俗話說舊情復燃更火熱。」還想上前擁抱千繪，被我急忙制止。

狗狗也還記得千繪，一下子想舔她的手，一下子頻頻搖尾，競相表達重逢的激動之情。

「天啊，太好了，小亮，真的，太好了！」

弟弟表達歡喜的方式太誇張，雖令我有點介意，倒也不反感。

「你都不知我本來有多煩惱。就算沒那件事，自從千繪跑掉了，你就有點不正常，現在如果只有美雪回到我身邊，對你太殘酷，我都不敢跟你說呢。」

「你不是說了嗎。」

「況且如果見到現在的美雪，小亮，你說不定會把她搶走。」

「誰要搶啊，白痴。」

「你還沒見到她，當然不懂。對你這種饑渴男不能掉以輕心。」

「你自己才是咧，以前就老愛對千繪放電。」

「我才沒放電，那是我對未來嫂子的愛。」

知道了，知道了，就在我這麼隨口敷衍正想掛電話時，洋平提議改天四人一起吃飯，然後像是順帶一提似地說：

「啊，還有，我和小亮無論是親兄弟也好，表兄弟也好，甚至是不相干的外人，那些都不重要。本來，你就是個不太像哥哥的哥哥，我也一直是把你當成一輩子的好哥們。」

看樣子他果然精明地發現了。可以想像他自以為佔了上風，在電話那頭沾沾自喜的表情。明明他連手記作者最後到底是怎麼死的，都不知道。

「一輩子的好哥兒們嗎？嗯，不賴，從你口中聽到這種說法，我倒是很開心。那麼從今以後吃牛排就各付各的吧。」

他沒有立刻回答，只聽見咕嚕吞口水的聲音。

「再見，那我就期待與咪——美雪見面的日子嘍。你決定好日期再通知我，我這邊只要是晚上隨時都行。」

我忍住笑意地掛斷電話。

然後，隔了一拍呼吸後，再次把電話貼到耳邊。

「啊啊，是你啊。」

唯有厚實的低沉嗓音，一如昔日健康時的父親。

「我就不問你身體如何了。」

「嗯，你能這樣是最好。」

「洋平說他帶了女孩子去看你？」

「嗯，是以前也來過咱們家很多次的那個美雪。你應該也見過她吧。那真是個活潑的小姐，跟她聊天連我都有了活力。」

我們以洋平為話題聊了一陣子。

與美雪分手後，洋平不知何故專找那種像模特兒的美女談了幾次戀愛，但每次都維持不了幾個月。他嘴上說是被對方甩了，但我推測，是他自己先開溜，八成是害怕關係太過深入。

「怎麼，原來洋平換過那麼多女朋友啊？」

「不過到頭來，他帶回家給你看的，只有美雪一個人。」

「看這樣子，說不定還真的有苗頭呢。」

「爸，千繪回來了。」

我一直在想該幾時開口幾時開口，結果卻唐突地脫口而出。

「是嗎？」

父親只應了一聲並未多問。彷彿早就知道似地。

「改天我帶她回去看你。」

「我也一直有那種預感，總覺得那孩子八成哪天還是會回到你身邊。不過能夠及時趕上真是太好了。」

雖然還不到不敢喊她咪雪的地步，但美雪的確變了。

想來她大概是已領悟到刻意讓外表看起來有女人味的努力，對自己而言是多麼白費力氣。原本蓬鬆捲曲的長髮被狠狠剪短，臉上脂粉未施，穿著明顯可看出平胸的貼身背心，感覺上像是豁出去表明：哈哈，這就是我。

現在也談不上美麗。雖然不美，卻給人一種美雪如果只是個美麗女孩就不會得到的、令人難以忘懷的印象。

——相當不簡單。

——看吧？

雙方都在默默嚼肉，我與洋平以眼神交流。

想必美雪自己也輕鬆多了吧。雖然面對弟弟時，依舊條理分明、伶牙利齒地一步也不讓，那種誓死要用言詞壓倒對方的烈性已鳴金收兵，時而閃躲、時而調侃的同時，也養成了可以和洋平愉快交往的從容。

四人一同熱鬧吃喝很愉快。

千繪與美雪從一開始就很投緣，她們漸漸會一起去看彷彿只為惹人哭泣而拍的電影，或是去逛跳蚤市場，做些我們男人不感興趣的活動。

她倆都愛做菜，所以也曾弄好幾道菜，一起帶去看父親。擺了滿桌的菜喝點啤酒，向來冷清的家響起笑聲。父親似乎也打從心底感到開心。

我們並未久待。

但是當父親在玄關送我們離開時，他那精疲力竭的模樣瞞不過任何人的眼睛。

這也是最後一次了，一邊走向車站，我對洋平說。

之後我經常一個人突然想到就去看父親，也經常遇到同樣突然回家的弟弟。

父親只服用看診的醫院開的藥，卻拒絕住院、尖端醫療、替代療法，甚至不肯去其他醫院徵求第二意見，對此我和弟弟已不再勉強勸他。

我們一邊閒話家常，一邊在廚房喝啤酒，某種只能用血肉至親來形容、輪廓模糊的輕鬆感籠罩著我們。

母親的遺照自客廳的小矮櫃上凝視我們。每次在談話之間突然瞄到時，便有懷念之情湧現心頭，她其實是叫英實子的阿姨。但是正如弟弟今後依然會是弟弟，這個人，終我一生也將是另一個母親吧。我不可能忘記我們一同度過的歲月，這個母親毫不吝惜地對我付出關愛的漫長歲月。

那個據說抱著枕頭偷窺我睡容的母親，當時心頭不知盤旋著多麼瘋狂的念頭。哪怕那近似殺意，現在的我也已不再單純地認定那會沖淡她對我的關愛之情。

短期之內發生了太多事，我總覺得自己好像一下子老了十幾二十歲。

殺人的妓女，買那個妓女的路過男子。對於我真正的父母，我現在究竟抱著何種感情？即便如此問我自己，也只有對立的情感複雜交纏，無法好好回答。我恐怕一輩子都找不出什麼答案。

然而，我應該就是在永遠混亂的狀態下逐漸老去吧。或許就是為了讓我們明白，人心就是一種永遠無法解釋的混亂。

夏日緩緩逝去。

最近每週都有新的會員加入，店裡很忙。

照細谷小姐的說法，千繪的歸來似乎讓糾纏店裡的瘟神就此退散。

「店長這個靈魂人物如果神色慘淡，還怎麼指望生意興隆？不過幸好已經沒事了。」

說這話的細谷小姐的表情也比以前開朗多了。她經常望著在桌子之間忙碌穿梭的千繪，露出一抹微笑。

晚上在房裡休息時，我對千繪說：

「這是我自己的想像，但我懷疑細谷小姐以前該不會失去過一個女兒吧。」

「怎麼說？」

「因為她太疼愛妳了，讓我忍不住懷疑她是否有過那樣的往事。說不定她的女兒如果還活著就像妳這麼大。」

也許女兒的死，正是細谷小姐離婚的原因之一。或者是她非常想要個女兒，但就是無法懷孕？

當我還在無憑無據地胡思亂想之際，千繪低聲說：

「細谷小姐真的很溫柔。」她的聲音充滿感情，「我真不知有多麼感激她，卻無法充分表達這份感激。」

「我也一樣。」

「不過我都不知道你會那樣想。我是說，你居然會懷疑細谷小姐在我身上看到死去的女兒的影子。」

「這個純屬猜測。那妳自己呢？難道妳沒有類似的感覺？」

「這個嘛，若說她把我當成親生女兒看待，的確沒有錯，不過我跟你的猜測略有不同。」

「怎麼不同？」

千繪歪頭看著我，突然笑了出來。

「亮介，沒想到你意外遲鈍。」

「妳沒頭沒腦地說什麼？」

「細谷小姐呀，她、很、喜、歡、你。她在暗戀你。」

「喂喂喂，妳胡說什麼——」

「當然你們有年齡上的差距，她不可能讓你發現。她是個能夠理性判斷事情的人，但是我從一開始就知道她對你的好感。」

「可是——可是——那個，再怎麼說未免也有點——先不說別的，如果真是這樣，她應該只會嫉妒妳，怎麼可能還對妳這麼好。」

「是啊，這就是她厲害的地方。她很清楚自己不可能成為你的情人，所以才把夢想寄托在我身上吧。她把我當成自己的女兒，自己的分身，藉由撮合我跟你來滿足她的那份情意。她是拚命試圖用讓我們雙方幸福來取代嫉妒。」

我實在無法相信。

「當你打從心底愛著一個人，或許就能夠做到那種程度吧。細谷小姐如果再年輕一點，我想你選擇的一定是她，而不是我。」

「怎麼可能，我心裡永遠只有妳。」

「可是亮介，你一點也沒發覺嗎？細谷小姐的樣子都沒讓你隱約感覺到什麼？」

被她這麼一說我想起的，很扯的是，居然是上次細谷小姐被巨犬庫丘撲倒後，我把她抱起來時的那一幕。她那纖細的身體在我懷中，扯開扭扣的襯衫露出雪白的胸脯。那一瞬間，若說我毫無感覺那是騙人的。細谷小姐的手臂摟著我的脖子時，我不是的確有種突然被拖進目眩深淵的感覺嗎？記得那智也說過，細谷小姐那時候，是故意親我——

「啊，天哪，你臉紅了。」

千繪有點驚訝似地說。

18

有時我會非常在意沒能從塩見那裡奪回的底片。我怕千繪毫無防備的姿態是否會被不知輕重的人隨便放到網路上。

細谷小姐肯定也有同樣的想法，但我們沒有談過這件事。

自從千繪說了那些奇怪的話之後，我就再也無法對細谷小姐保持平日那樣的態度了。偶爾剩下我們獨處，雖然連我自己都覺得可笑，我還是會假裝忽然想起要事匆匆離開。

不知細谷小姐是否察覺了我的不自然，她倒是一派鎮定地專心工作。

秋季的彼岸節過後，仍有數度宛如炎夏的大熱天。

即使是那種日子，野外區的狗狗還是相當活潑地跑來跑去，大口牛飲飲水場的水。對牠們來說，秋天的三十度大概遠比夏天的三十度涼快。

或許是因為家有病人，對於每日逐漸更替的季節變化，我感到毫不留情的殘酷。一如我無法阻止秋意漸深，也無法遏止病人的衰弱。想到今年秋天的紅葉，恐怕將會是父親最後一次看到的紅葉，我不得不感到心慌意亂。

如今千繪已回到店裡，我也比較能夠自由地從工作抽身，因此我天天都想去看父親。

但是，隨著病勢漸重，父親也越來越頑固，他嫌我們太常回去看他，令他很煩。他叫我們別把他當病人，可是他分明已虛弱得連果醬瓶的蓋子都無法打開了。

弟弟不費吹灰之力扭開果醬瓶的蓋子後，當場忍不住哭了出來。父親自從對奶油味反胃後便改成抹果醬，在我們自行上門之前的那三天，據說他早餐都是吃什麼也沒抹的白土司。

「別哭。」

父親一臉慈藹地笑著，撫摸趴在桌上的洋平腦袋，把他柔軟的頭髮揉得亂七八糟。

「雖然身體破破爛爛的，但哪兒也不疼，真不可思議。我甚至懷疑自己真的可以死得這麼輕鬆嗎？所以你別擔心，別為我的事大驚小怪。」

父親沉默半晌，不斷以指尖撫弄洋平的頭髮，扭絞髮尾弄成一撮一撮的小三角。然後又把它們搓散恢復原狀，一邊對我說：

「既然有空來我這邊，不如去看看外婆，我漸漸沒辦法去了。我也沒給你們留下什麼財產，還把生病的外婆丟給你們照顧很抱歉，但是你們要好好孝順她。」

父親究竟會以什麼方式嚥下最後一口氣，我根本無法想像。

如果他繼續這樣抗拒住院，應該會在家裡迎接那一刻吧，卻不知隨著那天的逼近，我們是會察覺日子來臨的跡象，或者會連道別的機會也沒有，就突然降臨。

我只盼他不會一個人孤伶伶地去世，那是我們最後的心願。

那天離開老家後，我請弟弟吃飯。

即使請他吃牛排，弟弟也沒有像以往那樣活力充沛。我們寡言少語地彼此確認了不得不有心理準備的現實。

之後我把從父親那裡聽來的，關於母親美紗子的事全都告訴洋平。

向不知情的洋平提起手記，甚至還讓他看了其中一部分的人是我。如果只把他捲進來卻沒告訴他結果，未免太不公平。

況且，弟弟早已猜到我們實際上可能是表兄弟了。今後送走父親時，我不希望彼此心裡有疙瘩。

「看來你並不驚訝。」

我對聽完敘述仍面不改色的洋平說。

「我當然驚訝。雖然想像過，但總以為不可能。」

「那麼你有何感想？」

「那是家族之愛的歷史，沒有任何憎恨。」

我聽不懂，但也沒多問。

的確沒有誰恨誰這回事。就連對母親下手，在讓她贖罪的同時，也是為了拯救母親自身吧。弟弟大概就是在說這個。

「現在你肯告訴我真是太好了，小亮。」

我有點如釋重負，嗯了一聲，點了點頭。

自從父親叫我們與其回去看他不如去探望外婆後，洋平與我都盡量比過去勤跑外婆那裡。

外婆已無法分辨我們兄弟，甚至連我們是她的外孫都不太懂。

不過有年輕人願意照顧她似乎還是讓她很高興，不時張開沒牙的嘴，露出像小女孩一樣純真的笑容。

和過去全權交由父親不同，現在就連餵她吃頓飯，我們都很認真。

經過一再錯誤嘗試後，終於發現洋平拿湯匙把食物送到她嘴裡，我在旁邊替她擦拭弄髒的下巴，這樣通力合作最有效率。只要成功掌握節奏，便可讓她把晚餐吃個精光。

途中，安養院職員來催促兼視察時，弟弟也曾對湯匙提出批評。他說應該準備大小及形狀各不相同的數支湯匙，依據食物的形狀選用不同的湯匙。職員只是給個含糊籠統的回應就走了。

安養院的大廳，有歌手來義演或媽媽合唱團來辦音樂會時，我們也讓把外婆坐在輪椅上推她過去。

聚集的老人之中，有人小聲跟著唱起昔日懷念的老歌，也有人用手打拍子，外婆猶如戴著白綿帽的腦袋，也在椅子上搖來搖去。

家族發生的一切，從母親美紗子誕生至死亡的一切記憶，過去都烙印在那個小小的腦袋裡。可是如今，外婆的心在朦朧的迷霧中，如同沒有實體的影子徘徊。

即便如此，她還是不時畏怯地凝視虛空，毫無理由地哭哭啼啼，或許是因為瀕臨崩壞的意識某處插著記憶的棘刺，令她不時感到刺痛吧。

19

早晚開始變冷的某個早晨，父親難得主動打電話來。

「昨天，我跟外婆道別了，我告訴她以後不能再去看她了。」

「喔——」

我很想說幾句貼心話來表達心情，但我知道父親不會喜歡。

「我變得很虛弱，也想最後再見你們一面，而且我還有話想說。」

「嗯。」

「今天的氣象預報說中午以後好像會下雨。你的店裡應該會比較清閒，能否來一下？」

「我知道了。」

「你告訴洋平了嗎？」

「手記的內容以及爸告訴我的事，我全都說了。」

「什麼時候？」

「已經很久了，大概兩個月了吧。那小子很聰明，好像早就有種種想像，所以聽了並不怎麼吃驚。」

「是嗎？他在我面前倒是絲毫不露痕跡，看來洋平也挺有一套的。不過，這樣也好。外婆的日子應該也不多了，以後只有你們兩人有血緣關係。什麼事都要互相理解之後再同心協力，想必會更好。」

「你不用操心我與洋平的事，我們沒問題。」

「我才不操心。總之你把那小子也找來，下午一起過來。我等你們。」

說句奇怪的話，隨著病體日漸衰弱，父親體內的特質似乎也越見濃縮，強烈表現在臉上。頑固、孩子氣，多少有點瘋狂科學家脫離現實的樣子，獨特的溫柔——瘦削的父親自有一種威嚴。

雖然還是一樣摸不透他在想什麼，但我至少可以確定他並不怕死。

聽到他說要見最後一面，洋平與我都很緊張。我們圍著廚房的桌子而坐，啤酒喝完了也沒人再倒，盤子裡的魚板和香腸也幾乎沒碰。

唯有父親前所未見地開朗。

「美紗子來了。」

父親一臉理所當然似地說。

我不確定他口中的美紗子是指哪個母親，但不知是因為生病還是服藥的關係，總之我覺得父親在精神上漸漸走調。洋平也很錯愕。

但父親對我們的反應置之不理，不時停下休息調整呼吸，開始講起我們做夢也沒想到的事。

之前我跟亮介說過美紗子的事，其實那並非全部。

我無法判斷剩下的部分該不該說。老實說，我至今仍有點舉棋不定。不過若是你們一開始便毫不知情就算了，但你們既已了解到這個地步，事到如今再隱瞞，好像也有點傲慢。況且，我馬上就要死了，也懶得再亂七八糟地左思右想。

亮介與洋平，我希望你們把這當成我的遺言，注意聽好。

正如我剛才說的，昨日，美紗子來過這裡。

對，就是寫那本手記的女人，生下亮介的親生母親。

早在幾年前，我們便不時見面。我不會辯解。我——只是無法不這麼做。

美紗子知道我已來日不多，提議一起去旅行做爲最後的回憶。

這也是我所盼望的，但我請她等我到明天，因爲我需要一點時間跟你們談談。

別急，如果不照順序說，你們怎會明白呢？若想見她，她晚點還會再來，想見自然能見到。當然，用不著勉強見面。洋平就算了，亮介，縱使今天聽說，也不可能今天之內就做好心理準備吧。

對了，我要先聲明，那本手記與頭髮還有手提包，昨日我都交給她，請她處理掉了，那樣最好。畢竟還是不該留下痕跡。我就算想自己燒掉，這個家也沒有可以焚燒的場所。

那是很久之前的事了，她是突然出現在我面前的。我下班要回家時，在剪票口前被她喊住。

我一心以爲她已經死去十年以上。我想確定不是自己的幻覺，呆站在雜沓人潮中。我不禁伸手輕觸她的臉頰。這麼一碰，在我心中，十年歲月頓時消失無蹤。

我一眼就知道她受了苦。她的表情截然不同，以前她給人的感覺總是有點捉摸不定，如今卻有點咄咄逼人的精悍感。用精悍來形容女人的臉孔，或許有點怪吧。難得有笑臉這點倒是跟以前一樣，可是一旦笑了，便像是衷心喜悅，我從未見過那樣的她。

我們在車站周圍一邊漫步一邊說話。

我劈頭就問她，是怎麼找到我的下落的。

據她所說，她早就知道家人在駒川，所以猜想我上班應該是在駒川車站搭車或換車，因此那天早上，一直守在車站裡。

當她眞的發現我時，本來想就這樣走掉，卻又忍不住跟在我後頭，看著我在這一站下車。之後，她再次猶豫不決地漫步街頭，最後到了傍晚還是又這樣回到車站。

美紗子自己住在哪裡，爲何知道我在駒川，我曾試著問過這些問題，但她就是不肯回答，只是起勁地問起家人的一切。

我說的主要都是已經上中學的亮介的事。還有亮介多了洋平這個弟弟，以及英實子、當時還健在的外公外婆的事。

我們忘我地聊著聊著，才發覺時間分秒流逝。

仔細想想還眞奇怪。明明是全家人串通起來，想把她變成死人。再加上她的親妹妹英實子還化身爲她，與我生下了洋平。可是那時，我和她都沒感到任何不自然。

美紗子她露出甚至可用心醉神迷來形容的笑顏，雙眼含淚地專心聽我敘述。我知道她是眞的想知道，所以我也滔滔不絕地講給她聽。

總算告一段落時，這次換我問起美紗子這些年的遭遇。換言之，在她被父母開車帶走之後，究竟發生了什麼事。

對於我的毫不知情，她露出有點意外的表情，但是不管怎樣她還是告訴我了。內容駭人聽聞，她卻彷彿只是做近況報告般地淡淡道來。

她說她以爲會被水井吞沒。你記得吧，那本手記不是一再提到嗎？死去的那個所小滿的孩子的家中庭院那口古井。她以爲她會被捆住手腳沉入水庫湖底，最後終於被那漆黑的死亡之井抓住，拖進無止境的深淵。爲了緩和痛苦，岳父母讓她服下大量的安眠藥。所以她當時大概也神智不清吧。

她說她很害怕。之後就什麼也感覺不到了，再也沒有自我的存在。

總之，當時她的確是死了，她說自己清楚地如此感覺。

回過神時，她躺在不知名的場所。也許已經入夜了，四下一片漆黑。心裡空蕩蕩的，她依然被捆住手腳動彈不得。

有聲音響起。

「妳別回頭，安靜聽我說。」

是沙啞的男聲，但她以爲是我的聲音。她深信我一定是跳進漆黑的井裡不辭辛苦把她救了起來，所以聲音才會變得這麼沙啞。

很遺憾那並不是我，現在已無法向當事人求證了，但我想一定是岳父吧，除此之外不可能有別人，岳母應該也知情。本來已把她扔進水裡，但兩人還是無法眼睜睜看著女兒死去吧。

「有妳這樣的罪人，周遭的人都會變得很不幸。若爲孩子的將來著想，今後就不要再跟家人扯上關係。從今天起妳就以別人的身分活下去吧，今後妳只能想著好好贖罪。」

聲音這麼對她說。

剛清醒的那顆空蕩蕩的心，又因這句話重重落下。

聲音的主人臨去前替她鬆開了手腳的繩子。過了一會兒，她自己解開，起身開始邁步。一旁整整齊齊地放著她原先穿的鞋子。

她的步履蹣跚，每走幾步便得停下休息。身上的衣物還是濕的，而且也非常寒冷。那身濕衣服的口袋裡塞了一疊萬圓大鈔，以及一張從此地到市區的草圖。

那晚她走到一半便精疲力盡，睡倒在路旁草叢中。翌日她終於走到市區，她首先做的，就是盡可能搭電車去遠方。

她沒有目的地，只是一再換車，最後在一個從未聽說過的冷清小站下車。那時已是傍晚。

她用站前的公用電話打電話回家。雖然被那個聲音的主人——美紗子認定是我的那個聲音，雖然被我禁止，但她還是忍不住想知道轉院之後，住進東京醫院的亮介病情如何。在化身爲別人之前，唯有這件事她非做不可。因爲打從事發那晚以來，她甚至沒機會見亮介一面。

接電話的人是岳母。她低聲擠出一句美紗子後，便陷入呼吸困難。但是她立刻振作起來，迅速回答了她的問題。不用擔心亮介的事，雖然還得再住院一陣子，但病情不嚴重，所以在病房很開心——岳母說到一半已聲淚俱下，不過她似乎怕被岳父聽見，始終很小聲。

駒川這個地名，就是這時聽岳母說的。

岳母先聲明如果岳父知道是她洩漏的，肯定會大發雷霆，然後才告訴她。近日之內，我將與英實子一起搬去駒川市，亮介會在那裡好好長大。所以妳放心，妳也要活下去。如果爲亮介的幸福著想，絕對不可接近家人，無論如何都不能破戒。不過，我還是在祈禱，一直在祈禱著；但願在天意安排下，哪怕一眼也好，可以再見一面。

據説岳母是哭著這麼説的。——支離破碎，對吧。但她畢竟是美紗子的母親，對於必須背著世人目光苟且偷生的女兒，想必還是感到可憐吧。

你們的外婆現在雖已腦筋糊塗，連美紗子與英實子都分不清，但她似乎還是隱約記得曾對自己的女兒做出嚴厲的處罰。即便已變成那樣，仍爲此所苦，我可以理解。

話題扯遠了，總之那通電話之後，美紗子就忠實遵守聲音主人的命令。

她多少已猜到，一家五口既然要在新的地方重新出發，妹妹英實子應該會順理成章地成爲亮介的母親，也就是我的妻子，而她也認爲那樣對亮介最好。

不管怎樣，自己都是不該出現的人。不，甚至不是人，是在機緣巧合下甦醒的死人。這點她銘記在心。

「有妳這樣的罪人在，周遭的人都會變得不幸。」

美紗子一次又一次想起聲音主人説的這句話。

現在我已經沒時間也沒體力詳細説明她是怎麼活下來的，總之她最後流浪到東北那邊的溫泉街，住在旅館裡做了很久的女服務生。她在那裡得到他人很多的熱情幫助。

不過她沒有戶籍和住民票，無法考駕照與執照，根本不可能找到一份穩定的正式工作。那樣的生活不可能不辛苦。但是美紗子自從脱離黑暗之井後，對於過去害怕的東西便一無所懼了。身爲死人的自己不把辛苦當辛苦，就算已經沒有百合心，也完全不在乎。她是這麼說的。

我覺得很奇妙，眼前人是美紗子亦非美紗子，我再次邂逅了新的美紗子。

你們應該也能想像後來的結果吧。

說來很對不起你們死去的媽，但我從來沒有片刻忘記美紗子。我也知道你們的媽已經有所察覺，並且爲此痛苦，但是我也莫可奈何。唉，人實在是莫可奈何的生物。

想必美紗子也是。

雖然她逞強說不把辛苦當辛苦，但肯定還是有說什麼，也無法從內心深處抹滅的情感。三年、五年、十年地過著名符其實的死人生活，那種情感越來越強烈，某日，終於再也無法忍耐了吧。

否則，她怎會突然在我面前出現？

只是，無論是來見我，或打聽亮介的情況，她似乎都抱著僅此一次的打算。我很清楚，就連這樣，她都認爲是不可饒恕的。

我們大約閒逛了兩個小時後，不知第幾度走到車站前面時，她說，「那我走了，就此告別。」然後行個禮斷然轉身離去。

大約相隔十步左右時，我這才赫然回神地把她叫住。我以周遭路人爲之側目的大嗓門，高喊她的名字。

一年一次也好，我想見妳，我說。每年，我把亮介與家人的照片拿來給妳看吧，也讓妳知道他們的近況。

她笑著說，那不是跟七夕一樣嗎？於是我說，「那乾脆就約定七月七日那天傍晚五點，在這個車站的這個地方碰面吧。一年一次，僅有數小時，那數小時的罪，讓我們一起扛吧。」

她說，即使見面也希望我不要問關於她的生活，我答應了。

那時是十月，所以距離下次七夕不到一年，這是唯一可堪告慰之處。

等待很痛苦。另一方面，知道本以爲已死的還活著，也讓我嘗到欣喜若狂的幸福感。即便相隔兩地，至少在同一片天空下。你們也知道我是個不信神佛的人，但我眞的很想爲這件事對某個人心懷感謝。

我遵照約定，每年都帶家裡的照片去。

平日我滿腦子都在想下次見面要跟她說這個、談那個，可是眞到了見面的時候，那些念頭全都忘光了，只會說些無聊的廢話。

時間有限，但我們有時只是並肩望著夜景，長時間保持沉默。

我信守諾言，從來沒問過美紗子在哪過著什麼生活。她的身分由不得她挑選職業，我知道她一定過得很苦。只要我知道一點內情，一定會忍不住伸手幫她。她大概就是想避免這個狀況吧。因爲我們彼此都知道，光是見面就已是嚴重的背叛了。

你們或許會誤解，但我們並無肉體關係。她總是一再聲明，希望我當成是和鬼魂見面。

我碰觸她，就只有她初次現身時，我懷疑是幻覺所以碰她臉頰的那次而已。

——即使如此，畢竟，還是等於背叛了你們的媽媽。

剛才也說過，她知道我從來沒忘記美紗子。就算什麼也不說，只要待在身旁，好像自然而然就會感受到我的想法。這點也讓她非常痛苦，但她眞正令她痛苦的是另一件事。

在那種情況下，全家決定不能讓美紗子活著，然而你們的媽一直認爲提議者是自己。而且她老是懷疑，會說出那種提議，是因爲她愛上我，老早就在心裡把姊姊美紗子當成絆腳石了。

我自認很尊重你們的媽媽。身爲丈夫，我已盡量關愛她了，但還是不足以化解她的痛苦。

你看過手記應該也懂吧，亮介。對於美紗子以外的女人，我無法再以對待美紗子的心情去對待對方。該怎麼說才好？美紗子對我來說，已經不只是女人了。所以上不上床，有沒有結婚在一起，那種事根本不重要。

父親到此打住，不知第幾度看向櫃子上的座鐘時，響起某人打開玄關拉門的聲音。

洋平在椅子上猛然一抖。

父親的眼中亮起溫柔的光芒，但是他若無其事地又開始敘述。

我們最後一次見面是今年的七夕，就在數月之前。當時我告訴她你們的媽媽死了，我的身體又是這樣，我知道不會有明年的七夕了。

她很鎮定。

你們的媽媽還在世時，大家不是一起去吃過螃蟹嗎？就是亮介你第一次帶千繪來，還掏腰包請客的那天。我把那次的照片帶去了，她默默盯著照片看了很久。

玄關一帶悄然無聲，訪客沒出聲音，似乎正在耐心等候。

我的喉嚨乾涸如火燒。

眼前桌上明明放著啤酒杯，我卻無法拿起來喝。

從那時起，我就料到最後會這樣。美紗子來接我，一起出門去旅行。

從此，我一直在期待著。

亮介，美紗子已經來了。如果你不想見她，我會把她先帶去別的地方，你和洋平趁這段期間一起走吧。

雖說是旅行，但她要開車帶我去，所以我的身體沒問題。不過她無法考駕照，所以是無照駕駛。放心，她好像一直都這麼做，不會有事的。

好了，亮介，你的決定呢？

我從椅子起身，踉蹌走到走廊上。

只見那人悄然佇立在朝玄關踏進一步的位置上，她背對著拉門的毛玻璃，逆光中勾勒出黑色的輪廓。

但我立刻認出對方的身分了。從父親講到一半時，我就無法按捺不住這樣的懷疑了。

此人打從很早之前就在我身邊，在我最艱苦的時期，一直安靜地支持我。

「店長，我來接令尊了。」

細谷小姐用一如既往的聲音說，微微低頭行禮。

我無法回話，只是像傻瓜一樣呆站著打量細谷小姐。

洋平從廚房走出來，默默把手放在我肩上，我們並肩著與細谷小姐對峙。

我心裡在想弟弟應該不認識細谷小姐這種無關緊要的瑣事，隨即念頭一轉，不，慢著，上次我給他看過用手機拍的照片。

不知何時，父親也已來到我身旁，抓住我另一邊的肩膀。

「你嚇了一跳吧，亮介。」

頓時，領悟某件事令我心情如遭凍結。那次給洋平看照片時，過世的媽媽也在場。她也一起看了細谷小姐的照片——

「爸，我，照片——媽、媽她——看了照片——」

「對，你店裡辦什麼春季免費體驗會的活動照片，好像拍到了美紗子，是吧？我聽你們的媽媽說了。我事先也不知情所以嚇了一跳，不過我跟美紗子提過你要開什麼奇怪咖啡店的事。——你們的媽媽說，她一眼就認出來了。雖然美紗子的外表變化很大，而且還像這樣戴著眼鏡，但她還是立刻就認出了，一定是因為她心裡時時都念著姊姊吧。」

媽媽和弟弟都因對動物毛髮過敏，不能來我店裡，所以我才心血來潮地給他們看照片。當時隨手拍了很多張，但拍到細谷小姐的只有一張，而且是側面。這點明明很奇怪才對，可是我卻指著照片對他們兩人說。你們看，這個人，就是我經常說的細谷小姐。

「是因為這樣，所以——媽，在出車禍之前才會那麼——害怕——」

「害怕？那你就錯了。英實子，你們的媽媽，對我說她打從心底鬆了一口氣。她看起來真的很高興。能夠知道本來以為等同被自己害死的姊姊居然還活著，其他的事對她來說好像根本無所謂。沒錯，從那天起該說是心裡繃緊的弦放鬆了嗎？她的確變得經常發呆。那天出車禍時也是，綠燈還沒亮，她就飄飄然邁步——」

在廚房前的狹窄走廊上，父親與我與弟弟三人僵立著，又盯著細谷小姐看了半天。細谷小姐也凝視著我們。

最後，父親把手從我肩頭鬆開，踏出一步。

「好了，我該走了，替我問候千繪和美雪。存摺還有房子的所有權狀什麼的，都放在客廳的小矮櫃。小事情就交給你們了，你們兄弟商量之後，自己決定。」

洋平與我就像兩個夢遊症病人似地尾隨父親。

父親坐在玄關的台階，替他穿慣的鞋子綁鞋帶。當他要起身時，細谷小姐伸出手，他有點躊躇地輕觸那隻手，接著握住，然後把整個身體的重量交給對方地站了起來。

「天氣如何？」

「雨一會兒下一會兒停，不過這種日子兜風也不錯。」

「是啊。我也覺得今天身體的狀況不錯。」

他們相視一笑。後來，我一次又一次地想起兩人異樣天真，彷彿要出門遠足的臉孔。

細谷小姐扶著父親，把臉轉向我。

「沒跟店長商量實在很抱歉，店裡的車就轉讓給我吧。錢我已經連同辭呈一起交給千繪了。」

「辭呈？可是，這太突然了，我會很為難。」

我還是改不了過去一慣的店長態度。

「已經沒問題了。請與千繪一起好好加油。」

母親與細谷小姐，即便到此地步依舊無法成功地合而為一。

不知所措的我目不轉睛地盯著眼前熟悉的臉孔。彷彿只要一直盯著，遲早會浮現另一張臉孔似地。但不管我再怎麼打量對方，那依然是表情沉穩、文風不動的，一如既往的細谷小姐。

「好了，請開門。」

我乖乖聽話走下脫鞋口，伸手去拉玄關門。

細谷小姐暫時離開父親來到我身旁，快速對我耳語。

「千繪的底片不用擔心，我已經全部拿回來處理掉了。」

那是瞬間發生的事。那一瞬間，我再次清楚看見噴濺在塩見的車窗玻璃上，甚至積在車底踏腳墊的鮮血。

是細谷小姐幹的嗎？是這樣嗎？當我不假思索脫口冒出要殺了他時，冷漠睨視我的細谷小姐的表情。嚴厲勸誡我不能有那種念頭的聲音。

是因為猜到我會殺人，為了阻止我才自己先下手嗎？或者是，不管怎樣她都打算殺死塩見？

她說塩見指定的送錢代表是她不是我，那是真的嗎？或者，是為了不讓我接近塩見，情急之下撒的謊？

不管怎樣，她既然說底片已經處理掉了，唯一的可能就是她殺了塩見。她告訴我的塩見指定時間顯然是假的。讓千繪睡著後，細谷小姐按照塩見要求的真正時間去了展望台。然後，等一切都結束後，才引導我過去。

細谷小姐再次伸手扶父親之前，她摘下眼鏡收進皮包。與父親獨處時，不，除了在店裡工作時，她八成根本不戴什麼眼鏡吧。

父親與細谷小姐像要掠過我鼻尖般逕自走過。洋平在我身旁駐足，我一看，他正無聲啜泣。

緊挨著門口，店裡的車正停在綿綿小雨中。車身以紅、黑、黃三色油漆繪有毛毛頭熟悉的標誌。

她既然沒有駕照，當然不能租車也不能買車。對細谷小姐而言，只有店裡這輛車。所以那晚，她八成也是開這輛車去的。

塩見的屍體到哪去了呢？通常車上應該堆放著用來裝運大型狗的組合式推車。即便是女人，只要利用那個推車，還是可以搬動有一定重量的東西。與其說是為了掩飾犯行，她應該是為了不讓我看見屍體，才把屍體運到某處。為了讓我安心明白塩見已死，她或許認為只要在現場留下血淋淋的車子就夠了。況且要嘛是塩見的車，要嘛是店裡的車，總之她只能在現留下一輛車。

「怎麼，洋平你又哭啦。」

父親在車旁轉過身來笑了。

「對呀，這樣子——實在太奇怪了嘛，你連行李也不帶。」

弟弟頭一次開口。

「洋平，別擔心。」細谷小姐安撫他，「吃的喝的還有保暖衣物，乃至對你死去母親的回憶，都已經在車上準備好了。」

「哈哈，的確，最大件的行李，或許就是自己最在乎的那些人的回憶吧。唯獨這個想丟也丟不掉，只能永遠帶著走。」

她是把屍體埋在深山某處嗎？亦或一度直接返家，在那三天的假期當中，以絕對不會被人發現的、更周到的方法棄屍？

這個問題，我恐怕永遠問不出口。

細谷小姐打開副駕駛座的車門，父親艱難地勉強坐了進去。

我拉住想要跑過去挽留的弟弟。不然我還能做什麼呢？

「那我們走了，店長，洋平也是，請保重。」

對這個人，明明應該有現在不說就再也沒機會挽回的話，可是我偏偏一句話也想不起來。我只是狠狠地盯著她，試圖以眼神傳達我的想法，於是細谷小姐驀然露出微笑。

於是突然間，從那任由冷雨沾濕頭髮兀自佇立的人身上，那個幻想中的母親，穿著無袖夏服挽著白色手提包的年輕母親的身影，緩緩出現，令我心頭一緊。

我的，可愛的亮介──

直到昨日仍無從捉摸，只不過是一縷幽魂的母親臉孔，這時頭一次形成鮮明影像，浮現籠罩我整個人的溫柔笑意。我半張著口為之屏息，眨也不眨地回視那張臉。

然後細谷小姐以流暢的動作鑽進駕駛座，關上車門。

「那我走了，你們兩個要照顧外婆喔。」

父親最後又這麼說了一句後，再次交替望著洋平與我看了半晌。但他驀然撇開視線，砰地關上車門。

這就是與父親的道別。

車窗還沒關上，但那一瞬間父親似乎已斬斷所有的紐帶。斬斷渴望活下去的最後一絲不捨，斬斷對居住多年的場所的懷念，甚至斬斷對我們的親情，在除了他們及兩人的回憶之外再無其他的空間內，父親再一次成為細谷小姐的，母親的，**你**。

「好了，我們要去哪裡？」

「去哪都行，去你想去的地方。」

伴隨低微的聲音關上車窗之際，父親也沒有再回頭看我們。

「也好，那就——」

下半句我沒聽見。關緊的車窗玻璃彼端，只見兩人愉快地相顧頷首。

車子絕塵而去，在雨中冒出一抹白色廢氣。沿著住宅區的巷子漸去漸遠，不到十秒鐘便在前方不遠處拐彎消失。

弟弟哭得太激動，我只好伸出一隻手摟著他的背。我們肩靠著肩，凝望著空無一人的道路上濡濕的柏油。

百合心 讀後心得募集！

活動辦法

請您於2013年9月30日前，將您的《百合心》讀後心得，以至少300字的篇幅，發表於個人部落格或FACEBOOK網誌。並將您(1)發表文章的網址、(2)真實姓名、(3)聯絡地址、(4)聯絡電話，E-mail至獨步官方信箱cite_apexpress@hmg.com.tw，信件標題註明：**百合心讀後心得投稿**，即可參加活動，有機會獲得bubu貓周邊贈品！

活動贈品

★**首獎**（一名）bubu貓襪子娃娃乙隻

★**優選**（十名）bubu貓記事本

詳情請上獨步部落格
http://apexpress.blog66.fc2.com/

E FICTION 01／百合心

原著書名／ユリゴコロ
翻　　譯／劉子倩
原出版者／雙葉社
作　　者／沼田眞帆香留
編輯總監／劉麗眞
責任編輯／張麗嫺
總 經 理／陳逸瑛
榮譽社長／詹宏志
發 行 人／涂玉雲
出 版 社／獨步文化
城邦文化事業股份有限公司
104台北市中山區民生東路二段141號5樓
電話：(02) 2500-7696　傳眞：(02) 2500-1967
發　　行／英屬蓋曼群島商家庭傳媒股份有限公司
城邦分公司
104 台北市中山區民生東路二段141號2樓
網址／www.cite.com.tw
讀者服務專線／(02) 2500-7718；2500-7719
服務時間／週一至週五：09：30～12：00　13：30～17：00
24小時傳眞服務／(02) 2500-1900；2500-1991
讀者服務信箱E-mail／service@readingclub.com.tw
劃撥帳號／19863813
戶名／書虫股份有限公司
香港發行所／城邦（香港）出版集團有限公司
香港灣仔駱克道193號東超商業中心1樓
電話／(852) 2508-6231　傳眞／(852) 2578-9337
E-mail／hkcite@biznetvigator.com
馬新發行所／城邦（馬新）出版集團
Cite (M) Sdn Bhd
41, Jalan Radin Anum, Bandar Baru Sri Petaling,
57000 Kuala Lumpur, Malaysia.
Tel: (603) 90578822
Fax:(603) 90576622
email:cite@cite.com.my
封面設計／小子
印　　刷／前進彩藝股份有限公司
排　　版／浩瀚電腦排版股份有限公司
●2013（民102）6月初版
●2018（民107）1月18日初版7刷
售價280元

 ISBN 978-986-6043-50-5

國家圖書館出版品預行編目資料

百合心／沼田眞帆香留著；劉子倩譯．–初版．– 台北市：獨步文化，城邦文化出版：家庭傳媒城邦分公司發行，民102.06
面；公分．--（E fiction；1）
譯自：ユリゴコロ
ISBN 978-986-6043-50-5
861.57　　102007743